눈과 귀와
입 그리고 코

여섯 번째 수필집에 부쳐

수필가라는 이름을 얻고서 창작 생활을 이어 온 지 어언간 강산이 세 번도 더 바뀔 만큼의 시간이 훌훌히 흘러갔다. 스물일곱 혈기 왕성하던 청년이 어느새 고희를 눈앞에 둔 중늙은이가 되었다.

결코 짧다고 할 수 없는 지난 세월 동안 즐겁고 행복스러운 일도 많았지만, 괴롭고 가슴 쓰린 사연도 적지 않았다. 그 기쁨과 슬픔, 환희와 고통의 순간순간들을 차곡차곡 글바구니에 담아 왔다. 지내 놓고 보니, 마법처럼 하나같이 그리운 기억들로 바뀌어 있었다.

외람되지만, 비록 잘 쓰지는 못해도 나름대로는 혼을 쏟아서 썼다는 것만큼은 감히 자부하고 싶다. 한 사람의 글이되 열 사람의 글 같은 수필, 독자들에게 그런 수필로 다가가려고 나름대로는 혼신의 노력을 기울였다. 나의 작품을 읽는 독자

들에게 일생 동안 단 한 번밖에 주어지지 않은 소중한 시간을 빼앗기게 해서는 아니 된다는, 눈곱만큼 한 작가로서의 양심 같은 것이라고 해도 좋겠다.

새 작품집을 내어야 할 때가 무르익었다 싶어 이 궁리 저 궁리로 골몰하던 중, 맑은샘 출판사의 김양수 대표님께서 흔쾌히 작품집 출간의 기회를 주셨다. 마음이 둥둥 애드벌룬에 올라탄 기분이다.

이 책을 만나게 된 독자들과의 인연을 아끼며, 그 인연에 깊이 고개 숙인다.

2024년 단풍 깊어 가는 시절
송림포곡재에서 곽흥렬 손모음

차례

작가의 말 ㅣ 여섯 번째 수필집에 부쳐 ·············· *02*

1부   평생의 한으로 남았을 노래

그려서 만든 지폐 ································ *10*

공장설 ······································ *17*

아버지의 신용카드 ···························· *21*

사랑표장갑 ·································· *29*

마음이 허해 올 때면 ·························· *35*

평생의 한으로 남았을 노래 ···················· *40*

찬란한 시절 ································· *46*

사위질빵 ··································· *47*

2부	삶의 모순, 그 앞에서 길을 묻다

개똥작명론 · *54*

천년집 · *61*

천녀화 · *68*

삶의 모순, 그 앞에서 길을 묻다 · · · · · · · · · · · · · · · *74*

울 줄 아는 사람 · *81*

불쏘시개 · *87*

말을 말하다 · *94*

인생 측량 · *100*

위장 · *106*

삼무사 · *113*

3부	팔방미인과 반풍수

짧은 글 긴 생각 1 · *120*

짧은 글 긴 생각 2 · *123*

짧은 글 긴 생각 3   126

짧은 글 긴 생각 4   129

말   132

환부작신   136

팔방미인과 반풍수   142

지금 이 순간을   148

두 정원 이야기   152

백약의 으뜸, 만병의 근원   157

행복한 삶을 가꾸는 지름길   162

4부   죽어야 끝이 나는 병

고맙고, 고맙다   172

그걸 이 나이에서야 깨닫다니   177

그때는 왜 보이지 않았을까   180

가르치는 선생, 가리키는 스승   185

나의 무기는   189

황성공원의 가을   193

죽어야 끝이 나는 병   200

유능제강 약능승강 *208*

계단 오르내리기 *215*

〈동숙의 노래〉, 그 사랑학적 고찰 *221*

독서도 *227*

5부   **한순간을 못 참아서**

한순간을 못 참아서 *232*

한마디 말이, 한 줄 글귀가 *236*

아이들은 아이들다워야 *241*

과유불급 *244*

늦은 출가 *250*

금문교, 적문교가 되다 *254*

장수, 축복일까 재앙일까 *259*

존칭어 오남용, 그 '웃픈' 현실에 대한 고언 *262*

잘 먹고 잘산다는 것 *267*

유람선 풍경 *272*

평생의 한으로
남았을 노래

그려서 만든 지폐

가짜 돈을 만들어서 사용하는 치기 어린 장난질을 해본 사람은 알리라, 그것이 얼마나 스릴 넘치는 일인가를. 거기엔, 돈도 돈이지만 그보다는 세상을 상대로 꾸민 속임수가 통했다는 묘한 성취감 같은 것도 한몫하고 있을 법하다.

그 짜릿한 쾌감 때문일까, 위조지폐로 세상을 어지럽히다 결국 덜미가 잡혀 새장에 갇힌 노고지리 신세가 되는 사람들의 이야기가 심심찮게 뉴스거리로 오르는 것을 본다. 그들은 컬러복사기나 컴퓨터 스캐너 같은 첨단기기를 이용하여 감쪽같이 진폐眞幣를 본떠낸다. 하도 정교하여 감식 전문가들조차 육안으로는 도저히 식별할 수 없을 정도라니 그 솜씨를 미루어 알 만하다.

죗값만 따지고 들지 않는다면, 그들은 분명 손재간 하나로

1부 | 평생의 한으로 남았을 노래

큰 상을 받을 만한 능력을 타고난 사람들이다. 그리 좋은 재주를 밝은 세상 만드는 일에 사용한다면 얼마나 많은 보탬이 될 것인가. 한데 보탬은커녕 오히려 상처 자국만 내고 있으니 안타까운 일이 아닐 수 없다. 같은 물인데도 젖소가 마시면 우유가 되어 나오지만 뱀이 마시면 독을 뿜어낸다. 이처럼 똑같은 재주일지라도 쓰기에 따라서는 하늘과 땅만큼이나 차이가 나는 일이 우리 사는 세상사에서 흔히 생겨나는 것이다.

아무개란 위인이 있었다. 유독 고관대작의 집만을 골라서 털고 절대 사람은 해치지 않는다는 것을 자신의 도둑질 철학으로 삼아 소외받은 이들로부터 은근한 추앙의 대상이 되었던 인물이다. 그는 "털어서 불안한 도둑은 작은 도둑이고 털려서 불안한 도둑이 큰 도둑이다." 하는 그럴싸한 말로 '대도大盜'라는 별칭까지 얻으며 가진 자가 행세하는 세상에 대해 아낌없이 조소를 퍼부었다. 그러면서 동에 번쩍 서에 번쩍하는 천부의 비범함으로 세상을 발칵 들쑤셔 놓기도 했었다.

하지만, 결국은 꼬리가 밟혀 절도죄로는 최고형인 15년형을 언도받고 차가운 독방 신세를 진다. 그 후 형기刑期를 거의 채워 갈 무렵, 특별 가석방된 후 한 도난 방지 회사의 일급 자문역諮問役으로 취직을 하게 된다. 그의 타고난 도둑질 실력을 회사 측이 높이 산 결과다. 말하자면 그 방면에 있어서 그가 지닌 탁월한 노하우를 역으로 십분 활용해도 괜찮겠다는 회사 나름의 계산서가 나왔기 때문일 것이다.

똑같은 재능일지라도 쓰기에 따라서는 선이 될 수도 있고 악이 될 수도 있음을 보여주는 좋은 본보기라고 하겠다. 그 차이란 실로 종이 한 장의 경계에 불과하다. 소잔등을 다투는 여름 소나기처럼, 범죄인이 되느냐 범죄를 막는 의인이 되느냐의 여부는 마음 한번 어떻게 먹는가에 달린 셈이다.

이것은 우리의 삶에서 상당한 의미로 다가온다. 세 번에 걸친 탈옥으로 세상을 온통 공포의 도가니로 몰아넣었던 흉악범 S 아무개, 그를 그 지경까지 몰고 간 것은 애초 고작 라면 몇 봉지 때문이었다. 그는 목구멍까지 차오른 지독한 가난 때문에 배고픔을 참지 못하고 동네 구멍가게에 몰래 들어가 물건에다 손을 대었고, 어쩌다 주인한테 들켜 마침내 소년원 신세를 진다. 이것이 희대의 탈주범脫走犯을 만든 단초가 되고 말았다. 너그럽게 보아 넘기면 딱히 죄라고 할 것까지도 없는 그 죄의 대가는, 결국 그의 삶의 물꼬를 불행 쪽으로 트는 결정적인 갈림길로 작용한 것이다.

가게 주인의 병아리 눈물만 한 배려만 있었던들 오늘의 S 아무개 같은 위인은 생겨나지 않았을는지도 모를 일이다. 그의 신출귀몰한 탈옥 솜씨를 바람직한 쪽으로 살렸더라면, 그는 우리 사는 세상에 커다란 기여를 할 착실한 재목材木으로 자라날 수도 있었을 것이 아닌가.

그 안타까운 사연을 더듬고 있으려니, 열두어 살 어린 날의 사연 한 토막이 망막의 스크린에 그려진다. 그때는 위조지폐를 만들어 사용하는 것이 어떻게 죄가 되는지조차 모르던 나이였었다. 분별없이 천방지축이던 개구쟁이였기 때문이리라.

삼시 세끼의 주식主食조차 넉넉지 못했던 지난 시절, 보릿고개 넘기가 태산 넘기보다 힘에 겨웠던 당시로서는 요즘이야 흔전만전인 군것질감을 바란다는 건 언감생심이었다. 비록 조악한 과자며 빵이며 눈깔사탕 같은 먹을거리들이 있긴 하더라도, 모두가 땡전 한 닢 가진 게 없는 썰렁한 주머니들이었으니…….

겨울밤은 또 어찌 그리도 길던가. 어느 집의 사랑방 아랫목에다 발을 포개고 둘러앉은 또래들은 궁금한 입을 달랠 묘안을 짜내기 시작했다. 궁하면 통한다고 했던가. 온 머리를 맞대고 한참을, 보자 보자 하며 끙끙거린 끝에 누군가 탁 무릎을 쳤다. "좋은 생각이 떠올랐다. 군것질할 돈을 한번 만들어 보자." 하는 제안이었다. 우리는 누가 먼저랄 것도 없이 그 말에 한입으로 찬동의 마음을 모았다. 뒷일 같은 건 꿈에도 살피지 않았다. 아니, 아예 살필 깜냥들이 못 되었다는 말이 오히려 맞는 표현일 것 같다.

철 지난 달력을 가져왔고, 십 원짜리 ─그때 당시는 십 원짜리도 종이돈이었다─ 크기만 하게 잘랐다. 거기에다 지전의 도안을 본뜬 그림을 그려 넣고 색을 입혔다. 모두가 함께 머리를 맞대고 해낸 일이었다. 한편으론 두렵기도 하고 한편으론 설레기도 했다.

세상에 오직 하나뿐인 그 지폐 아닌 지폐를 호주머니에다 구겨 넣고는 마을 앞 동구 밖에 위치한 구멍가게로 향했었다. 그때 그 자리에 있은 아이들이 누구누구였는지 지금으로서는 도저히 기억의 필름으로 되살려낼 수가 없지만, 어쨌든 그 가운데 내가 끼어 있었던 것만은 분명하다. 주인이 그날 밤 우리에게 던졌던 한마디가 지금 이 순간까지도 다큐멘터리의 인터뷰 장면처럼 뇌리에 또렷이 녹화되어 있으니.

"아, 이걸 어쩐다지. 한쪽이 그만 불에 그슬려 버렸구나. 원래는 안 되지만, 추운데 여기까지 오느라 고생했으니 반값만 쳐준다."

그렇게 말을 하고는, 진열대에 놓여 있던 과자랑 사탕이랑 빵이랑 이것저것을 골라 누런 종이봉지에 하나 가득 담아 주었다. 그림을 그려 넣을 때 누군가 한쪽을 너무 새까맣게 칠했던 것이 실수라면 실수였던 것 같다. 아니, 아니다. 아마도 그 가게 주인은 벌써 눈칠 채고 있었으면서도 우리가 무안해할까 봐 짐짓 모르는 척하고 둘러댈 핑계를 그렇게 찾았는지도 모른다. 왜냐하면 그 모양새며 색채가 너무도 조잡했기에, 삼척동자가 봐도 그게 지폐가 아니라는 걸 한눈에 알아차릴 수 있을 정도였으니까. 어쩌다 그 시절을 떠올릴 때면, 한편으론 입가에 빙그레 미소가 지어지기도 하면서 한편으론 짜릿하게 오금이 저려 온다.

자신이 저지른 한순간의 잘못에 대한 따뜻한 배려를 잊지 못해 먼 훗날 그 수십 갑절의 돈을 소액환으로 끊어서 경찰서로 보내왔다는, 성공한 어느 회사 사장의 사연을 전해 들은 기억이 새롭다. 설사 요행히 발각이 되진 않았다 할지라도 평생토록 그 죄책감을 가슴 한구석에 묻은 채 살아야 하는 경우도 있을 것이다. 이것이 양심에 가시로 박혀 그를 올곧은 인격체로 이끄는 정신적 지주가 되었을지도 모른다.

여린 가슴에 난 생채기는 쉽사리 아물지 아니하는 법이다. 만일 그때 그 가게 주인이 훈풍처럼 따스한 마음 씀씀이로 우리의 등을 쓰다듬어 주지 않았더라면, 탈옥수 S 아무개의 라면 사건처럼 다짜고짜 윽박지르기부터 하고 나왔더라면 오늘의 나는 어떻게 되어 있을까. 곰곰이 그때의 기억을 되돌려 보노라니 가슴 한 자락이 뜨거워진다.

일전, 어느 일간신문의 사회면 가십난에 오른 희한한 기사 하나를 읽은 적이 있다. 한 가난한 대학생이 대학원 진학에 필요한 돈을 마련하기 위해 포장마차를 시작했다고 한다. 밤이 되자 어둠을 밝힐 전기가 필요해졌고, 그는 별다른 생각 없이 인근 아파트 지하실에서 배선을 연결해 불을 밝혔다. 그런 지 며칠 만에 주민들은 경찰에 고발을 넣었고, 그 고학생은 절도죄라는 명목으로 꼼짝없이 전과자 신세가 되고 말았다는 사연이었다.

기사에 따르면, 학생이 며칠 동안 끌어다 쓴 전기료는 다 해 봐야 고작 오백몇십 원에 지나지 않는다고 했다. 요새 흔해 빠진 초콜릿 한 봉지 값어치에도 채 못 미치는 액수다. 이 기막힌 사연에 그저 웃어야 할지 울어야 할지…….

물론 경위야 어찌 되었건 훔쳤다는 사실 자체만 놓고 따지자면 죄를 저지른 것은 두말할 필요가 없다. 다만 그 철저한 신고 정신을 생각하면 눈물이 다 날 지경이다. 우리 모두의 부끄러운 내면을 들키고 만 것 같아 참으로 서글프고 민망하다.

용서만큼 큰 가르침도 없다고 했던가. 백 마디, 천 마디의 훈계나 설교보다 단 한 번의 관용이 그를 올곧게 붙들어 주는 버팀목이 될 수 있다. 오늘 그 안타까운 기사의 줄거리를 머릿속으로 굴리며 '용서'라는 두 글자를 가슴에다 새긴다.

공장설工場說

연말이 가까워져 오자 거리가 형형색색의 휘황찬란한 불빛으로 한층 환해졌다. 즐비하게 늘어선 음식점 골목엔 사람들의 발걸음이 줄을 잇는다. 가는 해를 아쉬워하는 마음은 다들 비슷한지 한 그릇 밥, 한잔 술로 고달픈 삶에 위로를 주고받으며 가슴속의 허기를 달래려는가 보다.

고향 동기회 부부 동반 송년 모임도 그 대열에 끼어들었다. 우리는 잠시 노년의 언저리로 접어드는 나이임을 잊고서 한창 갈기를 휘날리던 이십 대 후반 시절로 돌아가 있었다. 술잔이 두어 순배 돌고 나자, 이런저런 세상잡사를 안주 삼아 왁자그르한 이야기 소리가 방 안 가득 넘쳐흐른다.

이윽고 시켜 놓은 낙지볶음과 연포탕이 나왔다. 모두들 늦은 저녁 시간으로 출출하기도 한 데다 한동안 만나지 못하고 지낸 탓에 정이 많이 고팠던 모양이다. 입은 우걱우걱 음식을 즐기면서도 말은 쉬지 않고 식탁 위를 날아다닌다. 낙지처럼 질기고 연포탕같이 맑은 인연들이 이렇게 또 한 해의 우정을 쌓아 가고 있다.

한 삼사십 분가량은 지났으려나. 뱃속에서 어지간히 포만감이 느껴졌다 싶어질 즈음, 한 친구가 갑자기 다음에 또 보자며 벌떡 자리를 털고 일어선다. 평소 엉덩이가 무겁기로 무쇠솥 같던 벗이다. 여느 때와는 너무도 다른 그의 돌출 행동에 시선이 일제히 그리로 쏠렸다.

늘 모이기만 했다 하면 좌중을 들었다 놨다 분위기를 띄우는 친구가 이 상황을 두고 그냥 넘어갈 리 만무하다. 아니나 다를까, 이번에도 여지없이 농 반 진담 반 툭 한마디를 던진다.

"아따, 늦둥이 만들 일 있나. 뭘 그래 바삐 갈라 카노?"

입이 떨어지기가 무섭게 그 친구의 아내가 이 친구의 말을 받았다.

"늦둥이는 무슨 늦둥이. 내 몸 공장 문 닫은 지 벌써 오래됐는데⋯⋯."

방 안 가득 한바탕 폭소가 터졌다. 잠시 침묵이 흐르고, 그 친구가 풀 죽은 목소리로 자기 아내의 말을 되받았다.

"공장 문 안 닫았던들 뭐 할 끼고. 기계가 고장나 버렸는걸."

또다시 폭소가 쏟아졌다. 그 푸념 가운데 얼핏 세월 앞에 거역할 수 없는 쓸쓸한 회한 같은 것이 묻어났다.

사실 친구는 지난해 봄 직장에서 근무 도중 뇌경색 증세로 쓰러져 한동안 병원 신세를 진 적이 있다. 다행히 주위의 동료들이 서둘러 응급조치를 취한 덕분으로 크게 불편을 느끼지 않을 만큼 회복이 되어서 지금은 거의 정상에 가까운 생활을 하고 있다.

우리는 육십년지기 죽마고우들. 스무 살 청년이 되었을 무렵 사회의 일원으로 구석구석에서 다들 제 앞가림을 하고, 그리고 앞서거니 뒤서거니 각자 가정을 꾸렸다. 이 부부 동반 모임의 닻을 올린 것도 그 여름이었다. 그때가 꼭 엊그제만 같은데, 그새 어언간 삼십 년이라는 세월이 바람에 쓸리듯 훌훌히 흘러버렸다. 앞으로도 세상 하직하는 날까지 인생의 후반부 시간을 함께해야 하는 소중한 인연들이기에 나이가 들어갈수록 더욱 애틋하게 느껴진다.

다른 세상의 공장이 뭐가 그리 좋아 보여서 이승이라는 공장에 서둘러 사표를 던지고 만 것일까. 몇 해 전, 처음 모임의 일원으로 참여했던 동기생들 가운데 하나는 작별 인사 한마디 없이 영원히 돌아오지 못할 곳으로 떠나가 남은 우리의 마음을 아프게 했었다.

"친구야, 비록 그 공장 문은 닫혔어도 어쨌든지 인생 공장 문은 안 닫히도록 해야 한데이~!"

나는 취하지 않았으면서 괜히 취한 척 호기롭게 외치며 그를 배웅했다. 모르긴 몰라도 그 자리에 함께한 벗들 모두 하나같이 나하고 똑같은 심정이었음에 틀림없으리라.

손을 흔들며 어둠 속으로 멀어지는 그의 뒷모습이 영화의 마지막 장면처럼 흐려져 온다.

아버지의 신용카드

습관은 낯설던 것도 익숙하게 만드는 힘을 지녔는가 보다.

이십여 년쯤 전의 기억을 더듬는다. '신용카드'라는 말이 처음 사람들의 입에 오르내리기 시작했을 무렵, 카드를 만져보기는커녕 구경조차 하기가 힘이 들었었다. 카드란 것이 마치 무슨 특권을 부여받은 특정 계층의 사람들이나 사용하는 물건인 줄 알던 때였다. 이를테면 지금으로부터 불과 이삼 십여 년 전 자가용이 보편화되지 않았을 시절, 도로 위를 미끄러지듯 질주하는 검은색 세단을 보면 우리 같은 서민들과는 상관없는 별세상의 사람들만 소유하는 물건인 양 생각되던 것과 비슷한 경우라고나 할까.

어쨌든 자가용은 보통사람들로서는 도저히 가 닿을 수 없는 엄청난 부러움의 대상이었다. 나는 언제 저런 걸 한 번 가져 보나? 그것은 이루어질 수 없는 꿈이요 막연한 동경의 상징물일 뿐이었다. 아니, 꿈을 꾼다는 것 자체가 허황한 망상 같았다. 하지만 그 꿈만 같았던 자동차를 이제 용기만 내면 가질 수 있게 된 것처럼, 누구든 마음만 먹으면 얼마든지 자유롭게 신용카드의 주인이 될 수 있는 세상으로 바뀌었다. 어떻게 생각하면 신용카드가 사람들의 평등지수를 끌어올리는 데 톡톡히 한몫을 한 셈이다.

요즘 세상에 신용카드 한두 장 갖지 않은 사람이 있을까. 내남없이 지갑 속 깊숙한 곳에 예쁘게 디자인된 신용카드가 신줏단지처럼 모셔져 있다. 물론 카드회사들의 과열경쟁으로 말미암아 애당초 발급 받아서는 아니 되는 미성년자들이나 신용불량자들까지 카드를 소지하여 말썽을 일으키는 사례가 없진 않지만, 이것이 카드가 통용됨으로 해서 얻어지는 순기능에 비하면 그다지 큰 문제일 수는 없다는 생각이다.

세상만사 그 무엇이든 빛과 그림자는 항상 공존하게 마련이어서, 카드 사용으로 인해 발생하는 얼마간의 문제점을 집중 조명하여 그 심각성 운운하는 것은 빈대 잡으려다 초가삼간 태우는 우를 범하는 격이 된다. 인간사에는 완벽하게 긍정적인 면만 가진 것도 없으며, 그렇다고 완벽하게 부정적인 면만 지닌 것도 없지 않은가. 아무리 좋은 선약일지라도 거기에는 필시 부작용이 있으며, 설사 비상砒霜 같은 극약일지라도 극미량으로 적절히 사용하기만 한다면 고질병의 치료에 특효약이 되기도 한다.

신용카드도 마찬가지가 아닐까 싶다. 일상생활에 더없이 편리한 이 신용카드도 제 분수를 모르는 무절제한 사용으로 인해 작게는 한 개인 또는 가정의 파탄을 불러오고, 크게는 국가 경제를 좀먹히는 경우가 비일비재하다. 그에 반해 절도 있는 알뜰한 사용은 생활의 질을 향상시키고 갖가지 편리함과 이득을 선사해 준다. 지갑 속에 항시 두툼하게 현금을 보관하고 다녀야 하는 번거로운 상황에 비해 간편하기가 그만이고, 예기치 않게 급전이 필요한 경우가 생겼을 때 지갑의 두께가 얇아도 낭패감을 느끼지 않아 보디가드를 둔 것 같이 든든하다. 거기다 요즘처럼 온갖 범죄가 득시글거리는 어수선한 세상에서 현금을 소매치기당할 걱정으로부터 자유로울 수 있음은 또 얼마나 마음 푸근한 보너스인가.

소매치기 이야기만 나오면 나는 어김없이 시골집에 홀로 계신 아버지 생각이 떠오른다. 아버지는 소싯적부터 줄곧 시골서 살아오신 까닭에 도시의 물정에 어두웠다. 그래서 그런지 어디 출타를 해도 안주머니 간수에 그다지 신경을 쓰시지 않는 편이다. 덕분에 이따금 친지의 예식이 있거나 아들 집에 방문하는 따위의 일로 도시에 나와서는, 붐비는 버스 간에서 양복 안주머니를 털리는 일이 여러 차례였다.

그 가운데서도 가장 가슴 아픈 일은, 그러니까 내가 열두어 살 초등학생 시절에 벌어졌다. 지금으로부터 사십 년도 훨씬 더 된 이야기다. 그때 아버지는 송아지 몇 마리를 사 키우기 위해 대구 사는 막내고모 댁에 돈을 빌리러 가신 적이 있었던 모양이다. 하도 오래전의 일이라 분명치는 않지만, 어머니의 말에 의하면 그때 잃어버린 돈이 오만 원이었던 것으로 기억된다. 당시 오만 원이란 요즘의 금새로 따지면 꽤나 큰돈이었다. 아마도 오백만 원가량은 넉넉히 됨직하다.

아버지는 필요한 돈을 구해 서부정류장행 시내버스를 탔고, 그 안에서 그만 소매치기를 당하고 만 것이다. 그런 사실을 당신은 집에 도착할 때까지도 까마득히 모르고 계셨던 것 같다. 어머니가 겉옷을 받아 걸면서 양복 안주머니에 난 면도칼 자국을 확인하고 거의 실신할 지경으로 놀라 하던 모습이 지금도 눈앞에 생생하다. 물론 떠나기 전에 어머니는, 도시 나가거든 어떻든지 주머니 조심해서 택시를 타고 다니라며 신신당부를 잊지 않았다고 했다. 아버지는 어머니의 말을 곧이듣지 않았다. 당시로서는 쌀에 뉘처럼 귀하던 택시 삯이 당신 생각으로는 심히 부담스러웠던 게 틀림없다. 쪼들린 집

안 형편을 먼저 생각하셨을 아버지였다. 그래서 당신 자심自心
만 믿고 '뭐 어떻기야 하려고' 이러면서 태연스레 버스로 귀가
하다, 아니나 다를까 그만 주머니를 털리고 만 것이었다.

아버지는 그 충격으로 한동안 실어증에 걸린 사람처럼 말
문을 닫아버렸다. 식음을 전폐하고 구들목에 드러누워 누구
와도 접촉을 끊었다. 어머니는 잃어버린 돈은 고사하고 저러
다가 사람까지 버리겠다며 아버지를 붙들고 통사정을 했다.

"그 돈 잃은 사람은 발 뻗고 자도 훔쳐 간 놈은 발 뻗고 못
자니 그만 잊어버립시다. 예?"

아버지는 어머니의 간곡한 설득에 근 열흘 만에야 자리를
털고 일어났다. 그리고는 조금씩, 아주 조금씩 마음을 추스르
며 잃었던 의욕을 되찾아 갔다. 아버지가 다시 예전의 삶으로
돌아오는 데는 하 많은 세월의 약이 필요했다. 이제는 옛이야
기 삼아 담담히 꺼내 놓으실 수 있게 되긴 했지만, 생각해 보
면 지금도 참 가슴 아픈 일이 아닐 수 없다. 만약 그때 신용카
드란 것이 있었더라면 아버지는 분명 그날의 참담한 낭패는
당하지 않으셨을 게다. 빌린 돈을 가까운 은행에 입금시켜 놓
고 집으로 돌아와 얼마든지 안전하게 찾아 쓸 수 있었을 일이
아닌가.

한 집에 한 집꼴로 전화가 널리 보급된 십여 년 전, 실로 전

화 없이는 하루도 살 수 없을 것만 같이 우리는 생활의 편리를 누렸다. 몇 날 며칠씩 걸리는 편지 대신 단 몇 분 만에 이런저런 소식을 전할 수 있으니 여간 신통방통한 물건이 아니었다.

그 무렵 하나둘 휴대전화란 것이 눈에 띄기 시작했다. 사람들은 지난날의 자가용처럼 강한 호기심은 두면서도 선뜻 가질 엄두를 내지 못했다. 당시 금액으로 몇백만 원 하던 휴대전화가 서민들에게는 말 그대로 그림의 떡이었다. 그러다 세월이 흐르고 조금씩 보급이 늘어나면서 단가가 낮아지자 너도나도 휴대전화를 가지는 것이 유행처럼 번져갔다. 이렇게 된 것이 불과 몇십 년 안짝의 일이다.

일전에 어느 일간지에서 이 땅의 휴대전화 보급률이 벌써 오천만 대를 넘어섰다는 통계자료를 본 적이 있다. 경제활동을 하는 사람들은 말할 것도 없고 심지어 노인, 학생, 주부들까지 휴대전화의 편리함을 만끽하고 있다고 했다. 일반전화가 처음 보편화되었을 때 전화 없이는 살지 못할 것 같았는데, 이제 휴대전화 없이는 하루도 지내기 힘든 세상이 되었다. 말하자면 생활필수품으로 당당히 자리매김한 셈이다.

신용카드 역시 거기에 조금도 뒤지지 않는다. 만일 어떤 힘센 권력자가 나서서 지금 당장 우리가 소지한 신용카드를 하나도 남김없이 몽땅 회수해 버리겠다고 을러댄다면, 사람들은 우리더러 원시시대로 돌아가라는 말이냐고 벌떼처럼 들고 일어설 것이 뻔하다. 신용카드는 그만큼 우리들 생활의 필수 소지품으로 자리 잡았다. 아니, 현대사회에서 없어서는 안 될 분신 같은 존재가 되었다고 하는 편이 오히려 옳을 것 같다. 신용사회야말로 우리가 꿈꾸는 이상적인 세상이 아닌가. 이러한 세상의 건설에 신용카드는 그 첨병 역할을 톡톡히 하고 있다.

물론 세상에는 신용카드로 해서 패가망신한 사람들의 경우가 심심찮게 인구에 회자된다. 깜냥도 되지 않으면서 무조건 쓰고 보자는 식의 막무가내식 소비는, 활발히 꽃을 피우고 있는 신용사회의 어두운 그림자이다. 그러나 앞서도 잠깐 짚고 넘어간 이야기이긴 하지만, 세상만사 빛이 있으면 반드시 그 그림자도 있게 마련인 법. 신용카드라고 해서 빛만 있고 그림자가 없을 순 없지 않은가. 이럴 경우 설사 그 그림자를 완전히 없애진 못한다 할지라도 그 농도를 보다 엷게 하는 것은 그리 어려운 일이 아닐 게다. 방법은 의외로 간단하다. 그것은 밝은 빛을 더욱 밝히려는 우리의 각오 하나에 달렸다. 각자 지갑에서 뽑아 들기 전에 한 번 더 생각하고 알뜰하게 관리만 한다면 신용카드만큼 간편하고 쓰임새 있는 물건도 다시없을 듯싶다. 자동차며 휴대전화가 비록 아무리 편리하다 해도 때로는 불편함도 적지 않다. 자동차는 어쩌다 고장이 나거나 만에 하나 불의의 사고라도 생기는 날이면 여간 성가신게 아니고, 휴대전화는 시도 때도 없이 날아오는 불필요한 광고성 전화며 문자에 오히려 신경을 곤두세우게 되는 일이 얼마나 많은가. 거기에 비해 신용카드는 자기만 살뜰하고 계획적이면 이런저런 성가심에서 자유로울 수 있으니 자동차며 휴대전화 따위에 비길 바가 아니다.

얼마 전, 나는 가까운 은행에 아버지를 모시고 가서 당신 명의의 신용카드 한 장을 만들었다. 팔십 줄을 넘어선 노인이기에 여러 장의 카드는 번거로울 것 같아 딱 한 장만 마련해드렸다. 아버지는 병원에 가실 때나 뭘 사 드시고 싶거나 하는 일로 지출이 필요할 때 요긴하게 신용카드를 사용하신다. 그러면서 "이 편리한 걸 왜 진작 쓸 줄 몰랐을꼬?"라며 어느새 신용카드 예찬론자가 되셨다.

내 지갑 속에도 석 장의 신용카드가 신줏단지처럼 모셔져 있다. 많지도 적지도 않은 숫자다. 오천 원 이상을 결제해야 할 때면 언제나 신용카드를 내민다. 나 개인은 물론이고 국가 경제를 투명하게 한다는 나름의 자부심도 은연중에 작용하고 있으니 누이 좋고 매부 좋은 일이 아니겠는가. '알뜰하게 쓰자', 이 한마디를 늘 마음속 깊이 돋을새김으로 새겨 넣고서.

사랑표장갑

입동이 지나자 그새 바람살의 감촉이 눈에 띄게 맵차졌다. 절기답게 어느덧 겨울의 골짜기로 성큼 들어선 느낌이다. 천지자연의 질서는 참으로 엄정하여 조화주가 정해 놓은 틀에서 한 치도 어그러짐이 없이 오고 떠나고 오고 떠나고를 되풀이하는가 보다.

해마다 햇살이 엷어지고 뜨르르 추위가 들이닥치면, 겨울 채비로 장갑부터 찾는다. 한의학에서 사상의학四象醫學을 창시한 이제마李濟馬 선생의 체질 분류 기준에 따르면 나는 전형적인 소음인 형질을 타고났다. 소음인의 특성상 몸이 차고, 그런 까닭으로 다른 사람들보다 유달리 추위를 많이 탄다. 특히나 몸 가운데서도 외부 기온에 가장 민감하게 반응하는 부위가 손이다. 이런 고약한 신체조건이 걸림돌로 작용하여, 해마다 겨울로 들어선다는 입동 무렵부터 이듬해 저 멀리 남녘에서 따사로운 봄소식이 전해져 오는 우수 경칩을 맞을 때까지 털장갑은 긴긴 겨울나기의 필수품이 된다.

털장갑을 낄 때면 자주, 오래 못 보고 지낸 누나 생각이 난다. 친누나가 아닌 육촌 누나이다. 형제자매들 가운데 맏이여서 누나가 없고, 아버지가 외독자인 까닭에 자연 사촌 누나도 없다. 그러다 보니, 비록 재종 누나지만 친누나 못잖게 대하면서 끈끈한 핏줄의 정을 느꼈던 것 같다.

누나는 시집을 가기 전까지 집에서 뜨개질을 했었다. 그냥 단순히 취미 생활이나 소일거리 삼아 한 것이 아니다. 엄연히 생계를 꾸려 나가기 위한 방편이었다. 그러고 보면 누나에게는 뜨개질이 재택근무로 하는 나름의 직업이었던 셈이다.

당시 누나의 집은 가난에 절어 있었다. 오촌 당숙께서 광복 후 농민동맹청년위원장을 지낼 때까지만 해도 형편이 비교적 넉넉한 편이었다. 그랬던 것이, 6·25 한국전쟁이 일어나면서 그간의 행적에 대한 처벌을 두려워한 당숙이 야밤을 틈타 북으로 넘어가 버리자 가세는 급격히 기울고 말았다. 사상 불온가不穩家라는 굴레가 들씌워져 노상 사정기관의 서슬 퍼런 감시망이 뻗쳐 있었고, 가족들은 변변한 일거리도 갖지 못한 채 항시 마음을 졸이며 죽은 듯이 지낼 수밖에 없었다. 그런 가정환경 탓에 누나는 겨우 초등학교만 마친 뒤 뜨개질을 배워 사실상 가장 역할을 도맡았었다. 한 달에 한 번씩, 밤을 낮 삼아 짜 모은 옷이며 목도리며 장갑 등속의 뜨갯것을 읍내 수예점에다 갖다 넘기고 노동의 대가를 받아오곤 했다.

동생과 나는 평소에도 누나의 집을 우리 집처럼 오갔지만, 특히 겨울 방학 때만 되면 풀방구리에 새앙쥐 드나들듯 들랑거렸다. 누나는 바깥에서 추운 줄도 모르고 신나게 뛰어놀다 들어온 우리의 꽁꽁 언 손을 자신의 따뜻한 손으로 감싸서 녹여주는가 하면, 읍내 나들이를 하는 날에는 애옥살이로 근근이 살림을 이어 나가면서도 이따금씩 맛 나는 간식거리를 사와서 챙겨주는 선심을 잊지 않았다. 나는 누나의 그 포근한 손길이 마냥 좋았고, 평소엔 잘 못 보는 간식 먹는 재미에 짧은 겨울 해가 더욱 짧았다.

누나에게서 살가운 정을 느꼈던 것은 단지 입의 즐거움 때문만이 아니었다. 누나는 일을 하는 짬짬이 자투리 털실로 나하고 동생의 스웨터랑 모자랑 양말 같은 것들을 떠 주었다. 그 시절 시골의 겨울철 추위가 지금과는 비교도 되지 않을 만큼 혹독하였어도, 우리 형제의 겨울은 누나의 솜씨로 짠, 세상에 둘도 없는 방한용품들로 하여 늘 따뜻했던 기억으로 남아 있다.

어쩌다 장갑을 만들어 줄 때도 있었다. 손가락이 하나씩 따로 들어가는 장갑이 아닌, 엄지를 제외한 나머지 네 손가락이 함께 어울려 지내게 되어 있는 벙어리장갑이었다. 지인들에게서 간간이 집으로 배달되어 오는, 상당한 비용을 치렀을 것 같은 선물이 누나의 벙어리장갑만큼 마음을 기쁘게 해주진 못한다. 왜일까. 그건 아마도 서 발 막대 거칠 것 없는 형편에 누나가 나와 동생에게 해줄 수 있었던 최고의 정표가 아니어서인가 싶은 생각이 들기 때문이다. 주위에 가까운 피붙이 하나 없는 외로운 처지이다 보니, 누나는 재종 남동생들인 우리 형제한테 그런 식으로 자별한 사랑을 쏟았는지 모르겠다. 그건 나 역시도 마찬가지였다. 친누나를 두지 못했기에 육촌 누나에게서 더욱 살가운 정을 느꼈던 것 같다.

거리를 지나치다 우연찮게 벙어리장갑이 눈에 뜨이면 손바닥만 한 방에서 오글오글 모여 지냈던 지난 시절이 떠오르곤 한다. 벙어리장갑 안에 함께 들어가 있는 손가락처럼, 같은 공간에서 노상 부대끼고 토닥거리면서도 하나도 불편한 줄을 몰랐다. 아니, 불편은커녕 오히려 따사한 정의 샘이 솟았었다.

지금은 손가락장갑같이 각자 독립적인 공간을 갖게 되면서 방 하나씩을 차지하고 지낸다. 참으로 살기가 좋아진 시절임을 누구도 부인하진 못하리라. 이렇게 윤택한 세상인데도 가슴은 어쩐지 추수 끝난 늦가을 들판처럼 스산하기만 하다. 생활의 공간은 지난날에 비할 수 없을 만큼 넓어졌지만, 인정의 공간은 그때와 견줄 수 없을 만큼 좁아져 버린 성싶다. 설마하니 그럴 일이야 있을까마는, 비록 아무리 넓어진다 해도 그 사이에 보이지 않는 마음의 벽은 점점 더 두꺼워져 가는 것만 같다.

몇 해 전부터, 벙어리장갑이 언어장애인에 대한 비하의 의미가 담겼다고 하여 순화된 말로 부르자는 운동이 벌어지고 있다. 그들에 의해 생겨난 것이 '손모아장갑'이니 '엄지장갑'이니 하는 이름들이다. '주머니장갑'으로 바꾸자는 주장도 나왔다.

우리가 지금껏 별생각 없이 관습적으로 써 온 낱말일지라도 누군가에게는 마음의 상처가 될 수 있으니 언어 사용에 신중을 기하자는 그 근본 취지에는 백번 고개가 끄덕여진다. 하지만 손모아장갑과 엄지장갑도 물론 그러하려니와, 주머니장갑 역시 벙어리장갑을 대체하기에는 그다지 어울리지 않는 명칭이라는 생각이 든다. 손모아장갑이라고 했을 때 그러면 따로 떨어져 있는 엄지손가락은 어쩔 것이며, 엄지장갑이라고 불렀을 때 그러면 엄지를 제외한 나머지 네 손가락은 또 어쩔 셈인가. 주머니장갑이라는 말에서는 아예 벙어리장갑의 상像 자체가 그려지지 않는다.

그런 어색하고 억지스러운 이름들 대신 나는 '사랑표장갑'으로 고쳐 부르고 싶다. 우선 생긴 모양부터가 손가락 사랑 표시를 닮아서이기도 하지만, 무엇보다 그 장갑 속에는 동생을 향한 누나의 도타운 사랑이 담뿍 담겨 있었기 때문이다.

세상이 버석거리는 모래알같이 삭막해져 간다. 그러다 보니 세월이 흐를수록 서로 살을 비비면서 살았던 지난날이 자꾸 그리워진다. 만일 내게 시간을 되돌릴 수 있는 신통력이 주어진다면, 비록 물질적으로는 풍요롭지 못했어도 마음만은 솜사탕처럼 부풀었던 그때 그 시절로 돌아가 보고 싶다. 사랑 표장갑처럼 따사로웠던 누나의 손길도 오늘따라 더욱 애틋해 온다.

마음이 허해 올 때면

가을이 깊어 간다. 계절성인가, 해마다 이맘때만 되면 무언가 말로는 풀어낼 수 없는 상실감으로 마음에 허기가 진다.

이럴 땐 무작정 발길 닿는 데로 내맡겨 두는 것이 가장 좋은 방책이다. 산길을 오르고 강변을 거닌다. 공연장을 찾거나 전시장을 쏘다닌다. 한동안 그렇게 전전하다 보면 울적한 감정이 시나브로 가라앉곤 한다.

어저께는 문화예술회관으로 걸음이 옮겨졌다. 거기서 뜻하지 않게 '어린 시절에'라는 표제를 건 ㅅ 화백의 닥종이 인형 전시회를 만난 것은 적지 않은 안복이었다. 몇 해 전, 비슷한 주제로 이승헌, 허은선 부부 화가의 인형전인 '엄마 어렸을 적에……'를 보고 난 후, 곱게 개켜져 있던 그날의 감회가 불현듯 되살아났다.

기억의 언덕을 더듬어 올라가자 어린 시절의 정경이 눈앞에 선연해 온다. 변변한 장난감 하나, 번듯한 놀 곳 한 군데 없이 그저 나무막대기가 손쉬운 놀잇감이었고 뒷동산이며 들판, 배꼽마당과 골목길이 놀 공간의 전부였던 지난 시절, 모든 것이 불편하고 아쉬웠던 그때였다. 하지만 돌이켜 보니 그 가난과 궁상에 절어 있었던 시절에도 마음만은 꿈꾸듯 행복했었던 것 같다.

전기가 보급되기 이전, 해가 빠지고 나면 사방이 온통 암흑천지를 이루었다. 보이는 것이라고는 집집마다 봉창을 통해 새어 나오는 빤한 호롱불 빛이 전부였다. 비록 그랬어도 사람과 사람 사이에 흐르는 따스한 정의 등불로 세상은 환히 밝았었다.

대도시로 출가하여 종업원이 천 명이 넘는 큰 공장을 운영하며 자수성가했던 대고모님이 어쩌다 친정 나들이를 오실 때가 있었다. 그러면 어둡다 하실까 봐 어머니는 촛불을 서너 개씩이나 밝혀 드리는 특별 배려를 잊지 않았다. 노상 호롱불만 켜다 촛불을 켜놓으니 시골뜨기의 눈에는 마치 대낮 같았다. 그랬는데도 대고모님은 연신 "아이고 와 이래 캄캄하노? 와 이래 캄캄하노?" 하면서 밤이 깊도록 낯선 세상의 이야기 보따리를 풀어놓으셨고, 우리는 졸리는 눈 깜빡거리며 문명

세계에 대한 호기심으로 귀를 쫑긋 모으곤 했었다.

교통수단도 쌀에 뉘처럼 드물었다. 몇 시간씩 하염없이 기다리고서야 겨우 만날 수 있었던 낡은 시외버스, 그 탈것의 꽁무니에 붙어 뽀얗게 이는 먼지구름을 들이마시면서 신작로를 따라 달리는 재미에 마냥 신이 났었다.

오밤중에 손자의 몸이 불덩이가 되어도, 그 시간에 시오리 먼 길이나 떨어져 있던 의원을 찾는다는 건 오로지 두 다리 힘에만 의존해야 하는 당시의 형편으로서는 언감생심이었다. 대신 할머니의 약손이 육신의 고통을 덜어줄 수 있는 유일한 처방이었다. 그래도 그때가 애틋하게 그리운 정경으로 남아 있는 것은, 흘러간 시절이 가져다주는 요상한 힘 때문이 아닐까.

생전의 어머니는, 내가 일상사에 매몰되어 주어진 현실에 감사할 줄 모르고 불평불만을 늘어놓을 적마다 호강에 받혀 요강에 똥 싼다는 말을 입버릇처럼 뇌시곤 했다. 텔레비전을 통하여 차마고도의 소금 굽는 여인들의 고달프지만 맑고 순박한 얼굴을 만나면서 그 말의 숨은 뜻을 어렴풋이나마 헤아릴 수 있을 것 같다. 모르는 게 약이라고, 그들은 현대문명의 혜택을 받아 본 경험이 없기에 그 곤궁스러운 일상 가운데서도 오히려 행복한 것인지 모르겠다. 우리는 지금 너무 부요

富饒한 삶에 길들어져 있어서 부족하고 불편했던 지난 시절을 잊고 지내는 것은 아닐까.

편리와 풍요는 추억이 깃들 공간을 앗아가 버렸다. 먹고 싶은 것, 갖고 싶은 것이면 그것이 무엇이든 언제 어느 때라도 득달같이 대령해 주는 세상이다. 그러다 보니 아쉬움이랄까 결핍 같은 부족함이 갖는 의미를 더 이상 배우지 못한다. 모자람이 없으니 기다릴 것도 없다. 어렵게 만나고 어렵게 헤어지던 뚝배기 식에서 쉽게 만나고 쉽게 헤어지는 냄비 식으로 바뀌고 말았다. 남의 이야기에 귀 기울이기보다는 자기 이야기만 잔뜩 쏟아 놓다가, 미련 없이 자리를 털고 일어나 건성으로 흘리는 인사 한마디씩을 뒤로한 채 각자 타고 온 자동차를 몰고 뿔뿔이 흩어져 간다. 깔끔한 뒷마무리, 구접스럽고 구질구질하지 않아서 참 좋긴 하다. 하지만 어쩐지 동지섣달 칼바람 앞에 선 듯 가슴이 시려 오는 것은 무슨 까닭인가.

아! 그러고 보니 이맘때쯤이면 으레 갖게 되는 그 상실감이란, 그동안 잃고만 흘러간 날들에 대한 그리움 같은 것이었음을 깨닫는다. 오늘날의 스피드에 밀려나 버린 아날로그적인 불편함, 그 불편해서 오히려 정겨웠던 그때가 목마르게 그리워진다. 햇반 같은 즉석 먹거리가 아무리 많이 우리의 식탁을 지배한다 해도, 갈탄 난로 위에 층층이 포개져 점심시간을 기다리던 양은 도시락의 누룽지 맛을 내 어찌 잊을 수 있을까. 그래서 괜스레 허기증이 도질 적이면 그때 그 시절로 다시금 돌아가 보고 싶은 마음이 충동질을 하는가 보다. 그것은 놓친 열차처럼 아름다워 보이는, '추억'이라는 정신작용의 속성 때문인지도 모르겠다.

평생의 한으로 남았을 노래

꿈을 꾸었다. 꿈은 생시처럼 또렷했다.

학부 시절의 은사였던 K 선생님과 나는 이십여 년 전 그때의 모습을 하고서 어제 일처럼 선연히 꿈에 나타났다. 후배 M과 동시에 선생님의 집을 들르고 있었다. 사실은 함께 간 것이 아니다. 우연의 일치였다. M이 먼저 가 있었고, 나는 그 뒤에 가게 된 것 같다. 원래는 갈 생각이 없었다. 하지만 무슨 선물 보따리 같아 보이는 것만 살짝 서재에 놓아두고 올 작정으로 찾아들었던 것이다. 순전히 숨어들다시피 했던 방문訪問이었다.

그런 나의 계획은 완전히 일그러졌다. 내가 들렀을 때, 선생님은 M과 함께 거실의 소파에 앉아 무슨 뜻 모를 이야기를 나누면서 웃고 계셨다. 돌아서 나오는 나와 눈이 마주쳤다.

선생님은 나를 북편에 면한 구석진 방으로 데리고 들어가더니 느닷없이 뺨을 한 대 후려쳤다. 그리곤 네가 어찌 그럴 수 있느냐며 심하게 몰아붙였다. 한참 무슨 훈계 같은 너스레를 잔뜩 늘어놓고는 반대편 뺨을 다시 한번 갈겼다. 나는 흐느껴 울었다. 그날 아침을 먹고 있지 않은 나를 이렇게도 치실 수 있는가 하며 원망을 쏟아 내었다.

그 두 대의 뺨을 얻어맞고 나는 거의 초주검 상태가 되었다. 심한 허기를 느꼈지만 그게 배고픔 때문만은 아닌 것 같았다. 나는 그때서야 이제껏 가슴속에 간직해 왔던, 평생 한이 되어 버린 사연을 울면서, 징징거리고 원망하면서 하소연하기 시작했다.

"전 사실 선생님을 뵙고 싶지 않았어요. 왜 그때 저에게 그렇게밖에 하실 수 없었어요."라고 말했다. 나는 다그쳤고, 그 예기치 않은 공세에 선생님은 적잖이 당황하시는 것 같았다.

상황은 역전되었다. 선생님은 그때부터는 나를 어르기 시작했다. 나는 계속 흐느끼면서 원망의 강도를 높여 더욱 심하게 따지고 들었다.

나는 선생님 집을 뛰쳐나와 우리 집을 향해 앞만 보고 걸었고, 선생님은 줄기차게 따라오시면서 나를 달랬다. 선생님은 그런 것이 아니었다고 말하며 나의 두 손을 붙잡으려 애썼다.

나는 나대로 "이제 와서 그러실 필요 없어요. 다 끝난 일인 걸요." 하며 한사코 뿌리치고 있었다.

그렇게 옥신각신하다 문득 잠에서 깨어났다. 베란다의 창이 희뿌옇게 밝아오고 있었다.

"당신 무슨 꿈을 꾸었길래 글쎄 마냥 흐느끼고 있었어요." 라고 아내가 말해 주었다. 평생 가슴 깊이 한으로 간직하고 살 것 같은 잠재워진 과거가 수면 위로 떠오르면서 나는 다시 한번 심한 현기증을 느꼈다. 목이 말라 왔다.

선생님은 학부 시절 내 지도교수였다. 나는 누구보다 선생님을 많이 따랐고, 선생님은 나를 아껴주시는 것 같았다. 선생님께서 학위 논문을 마무리하실 때는 자료정리며 정서_{正書}며 편집 같은 일들로 며칠씩 당신 댁에 머물며 도움이 되고자 애썼다. 나는 언제나 선생님 곁을 맴돌았고, 선생님 또한 곁에서 지켜보시기를 좋아해 보였다.

나는 학부 졸업과 동시에 같은 학교 같은 학과의 대학원엘 들어갔고, 거기서도 늘 뒤처지지 않으려고 나름대로 무척 노력을 기울였다. 그런 덕분이었던지 성적은 항상 상위권을 맴돌았다. 나는 선생님의 기대에 부응하고 싶었다. 그때 같이 다닌 동료들은 다들 나보다 적게는 이삼 년, 많게는 오륙 년 정도의 학부 선배들이었다. 이를테면 내가 막내였던 셈이다.

그들 틈에 끼여 나이 어린 나는 용케도 주눅 들지 않고 어련 무던하게 생활해 나간 것이다. 그러면서 정해진 기한 내에 석사학위 논문을 발표했고, 졸업을 눈앞에 두고 있었고, 박사과정에 입학하기 위한 시험을 봤다.

충분히 승산이 있으리라며 내심 자신하고 있었다. 그런데 예상은 완전히 빗나가 버렸다. 보기 좋게 낙방이었다. 승승장구하던 나로서는 인생에서 처음으로 맛보는 패배의 쓴잔이었다. 한동안 극심한 정신적 무중력 상태에서 헤어나질 못했다. 내가 왜 고배를 마셔야 했을까. 아무리 생각해도 쉽사리 수긍이 가지 않았다.

그렇게 실의에 빠져 있던 어느 날, 뜻밖의 부름을 받았다. 대학원장이었다.

"자네가 곽 군인가. 이번에 참 안됐네. 아직 어리니까 내년에 다시 한번 도전해 보도록 하게." 이런 말과 함께 성적이 아깝다고 거듭 안타까워하면서 용기를 북돋워 주었다.

처음엔 무척 의아하게 여겼다. 무슨 연유로, 하필이면 나만을 따로 불러 그런 말씀을 하셨을까. 왜일까. 왜일까. 아무리 생각해 봐도 도무지 이해가 되어 오지 않았다.

얼마 후 의문은 풀렸다. 학교 관계자의 입을 통해 간접적으로 사연을 전해 듣게 되고서이다. 차라리 듣지 말았으면 좋았을 그 말을.

처음 합격자 사정을 할 때 나는 이미 합격권에 올라 있었다고 했다. 한데, 난데없이 안동 A 대학에 조교수로 재직하고 있던 어떤 두 분이 학위 코스 신청서를 냈고, 결국 나는 순위에서 밀려나 버렸다는 것이다. 당시 타 대학 조교수 이상은 시험의 결과와는 상관없이 자동적으로 선발되는 학내 규정이 있었던 모양이다.

또 이런 이야기도 들렸다. 각 학과별로 정원이 물론 정해져 있긴 하지만, 때에 따라 융통성 있게 적용되기 때문에 한두 명의 과부족過不足은 언제나 있을 수 있다는 것이다.

전후 사정을 전해 듣는 순간 나는 심한 허탈감에 몸과 마음이 무너져 내렸다.

'그래, 도대체 지도교수란 무엇 하는 사람인가. 이럴 때 제자의 장래를 위해 발 벗고 나서야 하는 것이 지도교수 아닌가. 제자의 앞길은 나 몰라라 팽개쳐 버리고 자신의 안위만을 생각하는 위인이 무슨 지도교수냐.'

갈피를 잡을 수 없을 만큼 많이 흥분되고 구역질이 나도록 세상사에 역겨워져서, 이런 해서는 아니 될 생각까지 들었다. 면전에서 대하기가 싫어졌다. 모든 것에서 의식적으로 멀어져 버리고 싶었다. 한동안 심한 우울감에서 헤매며 고통스러운 날들을 보냈다.

이제 사십여 년이란 세월이 강물처럼 흘러갔다. 그 유유한 흐름 속에서 원망의 마음은 차츰 앙금이 되어 가라앉고, 나는 그제야 마음의 평정을 되찾았다. 무슨 피치 못할 사정이 있었거나, 아니면 나의 단순한 오해였을는지도 모른다. 어쩌면 이것도 다 보이지 않는 손에 의해 내 인생에 짐 지워진 운명일 것이다. 이렇게 생각하며 가슴속의 응어리를 풀어 버리기로 마음을 고쳐먹었다.

그때 나의 소망한 바대로 일이 순순히 풀렸더라면, 나는 외려 그 지난至難한 학문의 굴레에 얽매여 허위허위 살아 작가로서의 꿈은 펼쳐 볼 엄두도 내지 못했을지 알 수 없다. 비록 세상이 그다지 알아주지 않는 무명작가의 서러움을 곱씹으며 힘에 부쳐 허우적거리는 삶일지라도, 지금 가고 있는 길에 더없이 만족한다. 그러기에 앞으로도 성심誠心을 다해 이것이 필생의 업이란 각오로 묵묵히 이 길을 걸어갈 각오이다. 인생은 머지않아 스러지고 말지라도 예술은 영원 세월토록 살아남을 것이기에.

찬란한 시절

떠나간 날들은 모두가 그립다. 행복했던 순간이나 고통스러웠던 기억이나 가슴 아팠던 사연이나, 지나고 나면 한 장면 한 장면이 흑백사진처럼 아련한 추억으로 착색된다.

일기장을 넘기듯 빛바랜 시간 시간들을 가만가만히 들추어 본다. 순백의 영상이 봄날의 꿈결같이 아롱아롱 펼쳐진다. 그것들은 세사에 찌들고 메말라 버린 내 팍팍한 마음 밭에다 촉촉이 물을 준다. 그로 하여 나는 한동안 잃고 있었던 삶의 의욕을 되찾고 내일을 열어 갈 기운을 회복한다.

놓친 고기가 더 커 보이고 헤어진 연인이 더 아름답게 여겨진다고 하였던가. 덧없이 흘러버린 세월이 늘 애틋한 느낌으로 다가오는 것은 사람이면 누구 없이 가지게 되는 통상의 감정이리라. 그래서 떠나간 날들은 하나같이 찬란한 시절이다.

사위질빵

나이 들어가면서 독서 시간이 점점 짧아진다. 요즈음은 책을 든 지 얼마 지나지 않았다 싶은데도 금세 눈의 피로가 몰려오기 일쑤다. 이럴 때면 마을을 끼고 나 있는 오솔길로 산책에 나선다. 하루 이틀, 한 달 두 달, 한 해 두 해 거듭하다 보니 이제는 하나의 일과가 되었다. 동네 언저리를 한 바퀴 휘~ 돌면서 물결처럼 넘실거리는 초록의 향연에 취하다 보면 흐릿해졌던 눈은 금세 생기를 되찾는다.

하늘은 녹 없는 사람을 내지 않고 땅은 이름 없는 풀을 기르지 않는다고 했던가. 산책길에서면 그 말에 절실히 공감하게 된다. 웬 나무는 이처럼 다양하고 웬 풀은 또 이리도 지천인지 모르겠다. 그야말로 없는 나무가 없고 없는 풀이 없다시피 하다. 흔히들 하늘의 별보다도 많은 것이 사람이라고 하지

만, 그 사람보다도 많은 것이 풀과 나무가 아닌가 여겨지기도
한다.

가짓수만큼이나 이름 또한 제각각이다. 사람들 가운데도
오만 이름이 있듯이, 정말이지 푸나무 중에도 별의별 희한한
이름을 가진 것이 한둘이 아니다. 며느리밑씻개니 도둑놈의
갈고리니 뚱딴지 따위는 그나마 점잖은 축에 속한다. 개불알
꽃이니 젖나무니 자지쓴풀 같은 듣기 민망한 이름을 만나면
마치 벌거벗은 양 내가 외려 얼굴이 달아오른다.

그 수다한 푸나무들 가운데 한 가지 풀 앞에서 뚝 발걸음
이 멈추었다. 사위질빵이다. 무슨 비밀스런 사연을 간직하고
있기에 세상천지 예쁘고 듣기 좋은 이름 다 놔두고 하필이면
이런 별난 이름을 얻었을까. 그 경위에 와락 궁금증이 달려
든다.

사위질빵은 대표적인 여름풀 가운데 하나다. 산천에 밤꽃
이 흐드러질 무렵이면, 시골의 고샅길 담 모퉁이나 오리나무
숲 가장자리에 새하얀 꽃송이들이 마치 함박눈이라도 덮어쓴
듯 소담스럽게 피어나 자태를 뽐낸다. 여러해살이 덩굴식물
이어서일까, 줄기가 실꾸리같이 휘휘 감기며 끝을 모르게 뻗
어나가는 열정을 지녔다.

하나, 덩굴식물이라고는 해도 등이나 칡처럼 워낙에 굵고

질긴 풀은 못 된다. 덩굴식물치고 사위질빵만큼 여려빠진 풀도 없지 싶다. 실핏줄같이 가느다란 게 조금만 힘을 가하면 쉬 끊어져 버리니 도무지 믿음성이 가지 않는다. 그래도 생명력 하나만은 대단해서, 무성하기로는 둘째가라면 서러울 정도다. 이 풀이 사위질빵이라는 아주 유별난 이름을 갖게 된 데에는 고개가 끄덕여질 만한 설화가 전해 온다.

예전, 일부 지방에서는 사위가 처가에 가서 가을걷이를 돕는 풍속이 있었다. 절기상으로 백로, 추분이 지나 추수 때가 되면 사위들은 한동안 처갓집에 머물며 농사일을 거들었다. 부지깽이도 덤빈다고 하는 추수철이고 보면 여간 생광스러운 손길이 아닐 수 없었을 게다.

이처럼 요긴한 일손이었으면서도, 한편으론 백년손님이라고 하여 버선발로 뛰어나가 맞이했다는 존재가 또한 사위 아니던가. 하기에 아끼는 씨암탉을 잡아 줄 만큼 극진한 대접이 따르게 마련이었다. 그리 귀하고도 어려운 손님인 사위에게 일을 시키는 장인 장모의 안쓰러웠을 마음이야 말해 무엇하랴. 그러다 보니 다른 일꾼들보다 지게에 유난히 짐을 적게 얹도록 배려한 것은 어쩌면 너무도 당연한 대우였으리라. 함께 작업을 하는 일꾼들에게서 자연 불평불만이 터져 나왔을 건 묻지 않아도 그림이다.

"빌어먹을! 약해빠진 이놈의 줄기로 지게 질빵을 만들어 짊어져도 끊어질 턱이 없겠구먼."

일꾼들은 부러움 반, 시기심 반으로 이렇게 사위를 골려 대었다고 한다. 그 이후로 이 덩굴식물이 사위질빵이라는 썩 그럴싸한 이름을 얻게 되었다는 것이다.

이따금 후미진 산기슭이나 고즈넉한 오솔길을 거닐다 보면 환한 얼굴로 나를 기다리고 있는 사위질빵 풀을 만난다. 반가운 마음에 살그머니 코끝을 가져가 본다. 돌아가신 할아버지 냄새가 풍겨 나오는 것 같다. 그럴 때면, 불현듯 사위질빵의 '사위' 자리에다 '할아버지'를 바꿔 넣어 '할아버지질빵'으로 부르고 싶은 마음이 충동질을 한다.

지난날 할아버지는 집에서 소꼴 뜯는 당번이셨다. 물론 꼭 연만한 당신께서 소먹이 담당을 해야만 할 만큼 손이 달리는 상황은 아니었다. 언제나 농사일로 바빴던 아버지였지만 그래도 하루 중 얼마씩은 꼴망태 짊어질 짬은 있었고, 우리 형제들 또한 그 정도는 충분히 거들 수 있는 나이가 되었었으니까. 그러니 그것은 어디까지나 할아버지가 자청하신 일이었다.

할아버지는 해마다 여름철만 되면 들로, 산으로, 냇가로 찾아다니며 소먹이 풀을 뜯어 망태기에 걸머지고 오셨다. 아침

나절에 한 짐 그리고 저녁나절에 또 한 짐, 이렇게 하루에 어김없이 두 짐씩을 하셨다. 아직은 초가을이었을 나이에 할머니를 여의고 근 서른 해 가까이 비파 없이 홀로 타는 거문고 신세로 지내며 늘그막의 고독과 벗해 오신 할아버지, 당신에게는 소먹이 풀 뜯는 것이 일상의 유일한 낙이었는지도 모른다. 그것으로 저물어 가던 생의 허허로움을 달래셨을 것도 같다.

할아버지는 소꼴을 뜯으러 가면 노상 사위질빵 같은 덩굴풀을 망태에 채워 오길 좋아하셨다. 어머니가 내심 못마땅한 마음을 내비치곤 해도 당신께서는 오불관언, 고집을 꺾지 않으셨다. 할아버지는 왜 굳이 남이 싫다는 일을 계속하실까. 어린 나로서는 그것이 도무지 이해되지 않았었다.

훗날 할아버지가 세상을 떠나고 당신께서 지셨던 망태기만큼 내 생각주머니가 커졌을 때, 그제야 비로소 그 연유를 깨닫게 되었다. 사위질빵은 덩굴식물이 아닌가. 덩굴식물은 아무리 꽉꽉 다져 넣어도 자연 공간이 뜨게 마련이고, 그러다 보니 무게는 많이 안 나가는 대신 부피가 크기 때문이었다. 자신의 육신조차 감당하기 어려운 연치에 몸무게보다 더 무거웠을 꼴망태까지 짊어지기에는 힘에 부대끼셨으리라.

흐르는 세월을 어느 누가 붙들어 맬 수 있을 것인가. 이제 당신께서 우리 곁을 떠나신 것이 마흔 해가 넘었고, 소먹이 풀을 뜯어 오시던 망태기마저 집 안에서 사라진 지 하마 오래다. 그런데도 어쩌다 사위질빵만 만나면 할아버지 생각으로 그리움의 물결이 가슴속에 여울져 오곤 한다. 당신의 외로움의 무게를 덜어 드렸을 사위질빵. 고맙고 사랑스러워 살그머니 보듬어 주고픈 마음이 된다. 그래서 사위질빵을 '할아버지질빵'으로 고쳐 부르고 싶어지는 것이다.

사위질빵 잎사귀에다 살며시 코를 가져가 본다. 어쩐지 할아버지 냄새가 물씬 뿜어져 나오는 것 같다. 그 냄새에 취하여 잠시 벌, 나비가 된 듯 기분이 흥감해진다.

우리네 삶은 비록 영속적이지 못해도 그 삶의 자취는 영속적인 것이 아닐까. 사위질빵을 보며 할아버지의 생전을 그리는 나 같은 손자가 있는 한은.

삶의 모순,
그 앞에서 길을 묻다

개똥작명론

이름자에 받침이 들어가 있으면 부르기가 어렵다. 한 글자에만 그럴 때보다는 두 글자에서 그럴 때가 더 어렵고, 두 글자보다는 세 글자, 세 글자보다는 모든 글자에 다 받침이 들어가 있는 경우는 더욱더 어렵다.

비단 부르기만 어려운 것이 아니다. 쓰기도 복잡하려니와 읽는 데도 힘이 든다. 그러다 보니 남들로부터 잘못 불리거나, 혹은 틀리게 쓰이고 혹은 틀리게 읽힐 개연성이 그만큼 높아진다.

이런 이유로 해서 나는 평소 '흥렬'이라는 내 이름에 영 만족을 못 하고 지낸다. '흥렬'을 '홍렬'로 잘못 부른다든지, 틀리게 적거나 틀리게 읽는 사람이 심심찮기 때문이다. '흥렬'과 '홍렬', 사실 이 둘은 활자화해 놓았을 때 비교적 괜찮은 시력의 소유자조차 돋보기안경의 도움을 빌리지 않고는 구별이 쉽지 않다.

아마도 그래서이지 싶다. 평소 나를 잘 모르는 이들 가운데는 "곽홍렬 씨" 아니면 "곽홍렬 님"하고 부르는 수가 허다하다. 그럴 때면 나는 어째서 남의 소중한 이름을 제멋대로 바꾸어 버리느냐며 그들의 세심치 못한 태도에 혼잣소리로 불평을 쏟아 내곤 한다. 물론 애당초 변별키 힘들도록 지어 놓은 조상을 향한 원망의 마음이 가슴 한구석에 똬리를 틀고 있다는 것도 부인하지 못하겠다.

내 이름을 틀리게 부르는 사람을 만나는 날이면, 한 번 두 번도 아니고 도대체 왜 이런 불유쾌한 일이 심심찮게 일어날까 하고 그 연유를 곰곰이 헤아려 보게 된다. 짧은 소견으로, 아마도 이홍렬이라는 코미디언의 영향이 크게 작용치 않나 하는 의아심을 떨쳐버릴 수가 없다. 불과 수십 년 전까지만 해도 딴따라라며 천시받던 연예인의 인기가 근래 들어 하늘 높은 줄 모르고 치솟다 보니, 그들에 대한 선망 같은 것이 생겨나서 은연중 그들의 이름이 대중의 머릿속을 지배하기 때문이 아닐까 싶은 생각이 든다.

하지만 다시금 찬찬히 곱씹어 본 결과, 필시 그런 연유는 아닌 게 분명하다. 지난날 한국인의 애창 가곡인 〈바우고개〉

를 지은 작곡가 이흥렬 선생도 있었고, 요즘 프로축구로 한창 몸값을 높여가는 손흥민 선수도 있지 않은가. 주위에서 그들의 이름을 '이홍렬'이라거나 '손홍민'으로 바꿔 부르는 사람은 거의 보지 못했다. 이로 미루어 살피건대 흔히 '흥'이 '홍'으로 잘못 호칭 되는 까닭을 딱히 이거다, 하고 단정 지을 수는 없을 것 같다.

"흥~" 이런 식으로 꼬리를 살짝 추켜올림과 동시에 급히 끝을 닫듯 발음을 해보면, 뭔가 아니꼽거나 못마땅해서 픽 내뱉을 때의 그 콧방귀 날리는 소리가 난다. 그래, 내가 이 소리를 듣기 싫어할까 봐 그들이 일부러 '흥' 자를 '홍' 자로 고쳐서 불러 주는 건지는 모르겠다. 만일 그런 배려에서라면 여간 고마운 일이 아닐 수 없지만, 거기에 설마 그렇게까지 깊은 속내가 숨어 있기야 하려고.

이따금 참 특이하다 싶은 이름을 만날 때가 있다. 그럴 땐 누구의 머리에서 나왔는지 궁금해지면서, 그 이름을 지은 당사자가 대체 무슨 생각으로 그리고 어떤 의미를 담으려고 저런 식의 작명을 다 했을까 괴이쩍은 마음이 불같이 일어나곤 한다. 그러면서 그 사람의 정신세계가 무척 의아스럽게 다가온다.

여러 해 전, 전국 지방선거 때 K시의 시장에 출마한 '최길갈'이라는 후보가 있었다. 여태껏 들어보지 못한 너무나 색다른 이름이어서 머릿속에 금방 입력이 되었다. 성씨는 일단 제쳐두고 이름만 놓고 살펴보면, '길갈' 두 음절 다 초성에는 안울림소리인 'ㄱ'이 들어갔고, 종성이 울림소리인 'ㄹ'로 똑같으며, 중성은 모음체계에서 가나다의 앞뒤 순서가 뒤바뀌어 있다. 처음 접하는 순간, 어쩐지 "갈갈" "갈갈" 대며 우는 개구리 소리처럼 채신없이 들리기도 하고, 마치 나팔바지를 펄럭거리며 뒷걸음질을 치는 모습같이 엉뚱스럽게 느껴지기도 하여 피식 웃음이 났었다.

그로부터 얼마간의 시간이 흐른 뒤, 타인의 고유한 이름을 두고 마음대로 해석해서 우스갯거리로 만든 것이 순전히 내 무지의 소치임을 깨닫고는 스스로의 가벼웠음을 크게 뉘우쳤다. '길갈'이 팔레스타인 지역의 요단강 기슭에 있다는, 그리스도교에서 신성하게 여기는 땅 이름임을 알게 되었기 때문이다. 거기서 빌려왔을 법한 '길갈교회'라는 명칭의 예배당이 적지 않고, '길갈하우스'며 '길갈자동차종합검사소', '길갈축산' 같은 이름도 보인다. 심지어는 장삿집 가운데도 '길갈베이커리'니 '길갈비빔국수전문점'이니 하는 등속의 상호들이 있고 보면, 아마 이 최길갈 또한 그 지명을 따서 짓지 않았을까 충분히 미루어 짐작이 가능한 일이기도 하다.

길거릴 스쳐 지나치다 차림차리가 별난 사람을 만났을 때 자꾸 곁눈질로 힐끗거리게 되는 심리 같은 것이라고 할까. 입 안에 든 박하사탕을 굴리듯 '최길갈, 최길갈, 최길갈……' 하면서 머릿속으로 되풀이 궁굴려 본다. 그러고 있노라니 '최길갈' 대신 차라리 '최갈길'이라고 지었더라면 어땠을까 싶어 좀이 쑤신다. 대관절 이 무슨 요사스러운 심사인지 모르겠다. 그러면서 그나마 최 씨였으니 망정이지, 만일 설 씨나 길 씨 혹은 갈 씨처럼 ㄹ 받침이 들어간 성姓이었다면 더더욱 부르기가 어색하였을 것이라는 오지랖 넓은 상상도 해본다. 하지만 이런 생각 역시 남의 귀한 이름을 제멋대로 바꿔버리는 이들의 경우와 별반 다를 바 없는 것 같아서 적이 민망해지기도 한다.

학부 시절의 동기생 가운데 '진갑곤'이라는 벗이 있었다. 당시 그는 자기 이름을 부를 때 한 자 한 자씩 또박또박 끊어서 발음해 달라고 학우들에게 특별히 당부하곤 했었다. 그도 그럴 것이, 석 자 모두 초성이 안울림소리인 데다 하나같이 받침까지 붙은 탓에 연속적으로 발음을 하면 음절 조합상 글자들끼리 충돌이 일어나 불가피하게 혀가 꼬이게끔 되어 있다. 이런 이유로 해서 자연 부르기도 어렵거니와 정확히 알아듣기도 힘이 든다. 하지만 그의 당부를 곧이곧대로 좇아 한 자 한 자씩 스타카토로 불러 주기에는 아무래도 퍽 군색

할 것 같았다. 하는 수 없이 우스갯소리로 환갑 뒤에 이어 오는 해인 진갑 년을 떠올리며 먼저 짧게 "진갑" 해놓고, 한 박자 늦추어 고무공 튕기듯 "곤~" 이렇게 소리를 내어야 할 판이다. 그러니 얼마나 불편하고 또 얼마나 거북살스러운 노릇이겠는가.

지금 세상에는 음양오행성명학이니 수리성명학이니 소리성명학이니 곡획성명학이니 하는 등속의 갖가지 작명법이 생겨나서 사람들의 환심을 사려 제각기 나름의 논리로 주의 주장을 펼치고 있다. 하지만 다들 너무 혼란스러우면서 난해하기까지 하여 그 방면에 문외한인 나 같은 무지렁이로선 아예 접근해 볼 마음조차 먹지 못한다. 그러기에 나는 단지 받침이 들어가지 않은 이름이어야 무조건 좋은 이름이라는 나름의 개똥작명론만을 무슨 종교 교리처럼 고집스럽게 신봉할 따름이다.

이름에 받침이 없을 때 그만큼 부르기가 쉽고 듣기에도 귀를 편하게 해준다는 사실은, 비록 작명가나 명리학자가 아니라 할지라도 거의 상식에 속하는 문제일 터이다. 그렇다면 그런 이름으로 평가받기 위해서는 이, 최, 조, 우, 고, 서, 나, 구, 기, 노 씨들처럼 일차적으로 성에 받침이 들어가 있지 않아야 할 것이다. 어느 누구인들 어감이 좋은 성씨를 물려받고 싶은 마음이 왜 없으랴만, 이는 어디까지나 개인의 자유의지 밖의 일 아닌가. 조상을 바꾸진 못하는 노릇이고 보면, 다만 이름자만이라도 받침 가진 글자로 짓지 말아야 그래도 그나마 힘을 덜 들이고 부를 수 있지 않을까.

누가 뭐라 한대도 작명법에 대한 평소의 소신에는 추호의 흔들림이 없지만, 그렇다고 조상이 지어준 이름을 함부로 갈아치우는 것 또한 능사는 아니다 싶어 이러지도 저러지도 못하는 상황이 간단없이 이어졌다. 강산이 바뀌어도 대여섯 번이나 바뀌었을 나날을 두 가치가 마음속에서 시시때때로 힘겨루기를 벌인 끝에 비로소 승패가 갈렸다. 내 개똥작명론이 조상의 위세에 눌려 결국 기가 꺾이고 만 것이다. 그리하여, 부르거나 듣거나 읽거나 쓰는 사람들에게 본의 아닌 실수를 유발케 만드는 본래 이름 '흥렬'이 여태껏 살아남아 나라는 존재자를 대신해 왔다. 아무리 잘 봐주려 해도 내내 성에 차지 않아 당장이라도 고물상으로 갖다줘 버렸으면 싶은 마음이 고래 아니면 굴뚝같지만, 그래도 세상 구경 나온 이래 미우나 고우나 이날 이때까지 동고동락해 온 그놈의 정 때문에 선뜻 팽개칠 용기를 내지 못하겠다.

아, 그깟 이름 하나가 대체 뭐라고 하고많은 세월 동안 거기에 꺼둘리어 갈팡질팡하는 이 애증의 심사여!

천년집

　무덤은 세상에서 가장 심오한 경전이다. 그것은 상형문자보다도 단순하면서 백유경百喩經보다도 복잡하다. 초등학교 국어책보다도 쉬우면서 슈베타슈바타라 우파니샤드보다도 난해하다. 그래서 누구든 눈으로 읽기는 만만해 보이겠지만, 누구도 가슴으로 풀이해 내기는 호락호락하지가 않다. 아니, 어쩌면 아예 불가능한 일인지도 모른다.

　일상의 노를 저어가다 보노라면 공연히 세상살이가 시틋해지는 날이 있다. 심사가 산란하여 도무지 일이 손에 잡히지 않는 날도 있다. 이런 날들이면 그 불가사의한 경전을 해독해 내 보려는 가당찮은 욕구가 고개를 든다.

　버릇처럼 주섬주섬 옷가지를 챙겨 입고 집을 나선다. 목적지는 벌써부터 마음 가운데 점찍어 놓았다. 그러니 오늘은 또 어느 갈래로……, 갈등하며 망설일 필요 없어 그만이다. 그 목적지란 다름 아닌, 산자락에 고이 잠든 채 영원 세월을 꿈결로 흐르고 있는 무덤이다. 지난날 한 이름난 산꾼은 왜 산을 찾느냐는 후원자의 질문에 "거기 산이 있어서"라는 선문답 같은 대답을 남겼다지만, 똑같은 질문을 누가 내게도 던져온다면 내 입에선 일말의 망설임 없이 '거기 무덤이 있어서'라는 답변이 튀어나올 준비가 되어 있다.

그 어느 종교의 고상한 교리보다, 그 어떤 철학자의 고명한 명제보다 가슴을 적셔 오는 절실한 가르침을 무덤에서 만난다. 그것은 언어를 넘어선 언어 이전의 세계다. 이따금 무덤 앞에 서게 될 때면 어쩐지 뒤죽박죽으로 엉클어진 감정의 실타래가 어렴풋이나마 풀리는 것도 같고, 삶이라는 막연한 숙제를 어떻게 헤쳐 나갈 것인가 하는 화두에 대한 답이 병아리 눈물만큼은 구해지는 성도 싶다.

이럴 때 내가 항시 찾는 곳은 묘지가 아닌 무덤이다. 누군가 시시비비 가리길 좋아하는 사람이 나서서 묘지가 곧 무덤 아니냐며 정색을 하고 따지려 들지도 모르겠다. 그러면 딱히 마땅한 대답의 말이 궁해지겠지만, 내게는 억지스레 두 대상을 구분하고픈 되지도 않은 고집 같은 것이 있다. 굳이 이유를 갖다 붙이자면 한자어와 고유어에서 풍겨 나오는 어감상의 차이라고 해 둘까.

'아 해 다르고 어 해 다르다'는 속담이 혹여 이런 상황을 대비하여 생겨난 말은 아닌지 모르겠다. 이 맛깔스러운 관용구 하나가, 어쩌면 언어의 유희처럼 들릴 법도 한 내 논리에 든든한 응원군 노릇을 톡톡히 해준다. 비록 외연적 의미는 엇비슷할지라도 내포적 의미는 사뭇 다를 수 있는 것이 우리말의 묘미 아닌가. 심지어 똑같은 표현일지라도 때와 장소에 따라서, 혹은 받아들이는 이의 감정 상태에 따라서 전달되는 느낌은 완전히 딴판일 수 있는 것이고 보면 대놓고 딴죽을 걸어오지는 못하리라.

묘지와 무덤이 바로 그런 사이일 터이다. 묘지가 항시 육중하게 닫혀 있는 대갓집 솟을대문 같다면, 무덤은 늘 빼쭈룩이 열려 있는 여염집 사립문 같다. 검붉은 대리석 빗돌이 황금빛 석양에 번들거리고 가지가지 석물들이 호위무사처럼 떡하니 버티고 선 묘지에서는 호화스럽게 꾸며 놓은 으리으리한 저택을 치어다볼 때 같은 위압감이 느껴진다. 그에 비해 키 낮은 무덤은 동그스름한 봉분이 지난날 우리 고향의 초가집을 닮아 너무도 소박하고 인간적이다. 길 솟은 풀숲을 헤치며 가만히 그 곁에 가까이 가노라면 살가운 미소로 맞아주는 듯 친근감마저 든다. 이것이 나로 하여금 한사코 묘지는 외면하고 무덤만을 찾게 만드는 이유이다.

　무덤 가운데도 시간의 지층이 켜켜이 내려앉은 무덤은 더더욱 다감하게 다가온다. 그 집의 주인과 세월을 뛰어넘어 영혼의 대화를 나눠 보고픈 마음이 충동질을 한다. 어쩐지 이야기가 통하고 교감이 이루어질 수 있을 것 같아서이다. 그들이 내게 무슨 말을 걸어올까. 어떤 사연을 전해주고 싶은 것일까. 내가 그들에게 던지는 어설픈 수작酬酌을 기꺼이 받아줄까. 가슴 깊이 품은, 죽살이의 수수께끼에 대한 내 고뇌를 그들이 헤아릴 수 있으려나. 이런저런 엉뚱스러운 상상에 빠져들기도 한다.

　어렸을 적에는 무덤이 소름 끼치도록 무서웠었다. 달걀귀신 이야기가 밤중의 뒷간 분위기를 으스스하게 만들던 그 시절의 아이들에게는 누구 없이 얼마큼씩은 그랬을 터이지만, 유달리 무덤에 대한 나의 두려움은 숫제 병적일 정도였다. 제법 나이 들어서까지 한갓진 곳으로의 산행을 꺼려한 것 역시, 도중에 혹여 무덤이라도 만나게 되지 않을까 싶은 조바심이 항시 그림자처럼 머릿속을 지배했던 까닭이다.

　이따금 땔나무 구하러 가는 아버지 따라 산을 찾게 되는 날이 있었다. 그런 날이면 당신께서는 무슨 생각에서인지 하필꼭 집단무덤 자리 쪽으로 방향을 잡곤 하셨다. 나는 나무하는 내내 나무는 뒷전이고 줄남생이처럼 아버지 꽁무니에만 졸졸 붙어 다녔다. 갑자기 무덤 안에서 불쑥 뛰어나온 귀신이 사정없이 뒷덜미를 후려칠 것 같은 공포감으로 도무지 일이 손에 잡히지 않았기 때문이다.

한 해 두 해 감기어 가는 나이테 덕분인가 보다. 한때는 그리도 무섭게 여겨졌던 무덤이, 이제는 외려 친근한 느낌으로 다가든다. 무덤을 만나는 날은 그렇게 마음이 편안해질 수가 없다. 꼭 이웃집에, 건넛마을에 놀러 온 기분이다.

"오늘은 나에게, 내일은 너에게."

무덤 앞에 설 때면, 죽은 자가 산 자에게 던지는 이 통절한 메시지가 가슴을 친다. 제아무리 용빼는 재주를 지녔다 한들 세상 그 어떤 존재가 여기 무덤의 주인 같은 신세를 면할 수 있을 것인가. 이야말로 죽살이의 엄숙한 철리哲理이거늘, 내일의 내 집에 와서 무섬증을 갖는다면 도리어 별스러운 일이 되리라.

옹기종기 어깨를 나란히 한 무덤들에 눈길이 간다. 앞가슴에 단 이름표처럼, 봉분 하나하나마다 키 작은 빗돌 하나씩이 올망졸망 세워져 있다. 산 사람에게 주민등록이 주어지듯 여기 이 빗돌들은 죽은 이에게 부여된 그들의 주민등록이다.

발치에 선 빗돌의 글귀를 찬찬히 훑어본다. 언제 세상에 왔다가 언제 이리로 이사를 하여 이 마을의 주민이 된 것일까. 무슨 고고학자라도 되는 양 한 자 한 자 손끝으로 짚으며 훑어 내려간다. 그러고 있노라면, 마치 마음 맞는 이들끼리 동호인 주택을 지어 살아가는 것 같은 현현한 분위기에 젖어 든다. 오래 이웃하고 지내도 고함 한 번 나지 않아 참 조용하고 평화스러운 동네이다. 낮이나 밤이나 도란도란 주고받는 소리 없는 목소리가 산새들의 합창에 섞이어 가없는 시간을 흐르고 있으리라.

어쩌다간 멀찍이 외따로 떨어진 무덤을 만나기도 한다. 이런 무덤의 주인일수록 대다수 망주_{望柱}는커녕 흔하디흔한 상석조차 얻어걸리지 못한 채 이름 모를 잡풀들만 우북하게 키우기 일쑤다. 그 모습이 꼭 외딴집에서 홀로, 저무는 세월과 씨름하고 있는 호호할머니같이 쓸쓸하고 고단해 보인다. 그럴 땐 가까이 다가가 속삭이듯 조곤조곤 말보시라도 해드리고 싶은 심정이 된다. 얼마나 이웃이 그립고 대화가 고팠을까, 하는 어쭙잖은 연민으로 가슴이 짠해져서이다.

죽은 사람이 산 사람을 가르친다. 천년만년 영원할 줄 알고 그동안 얼마나 서로 날을 세워 다투고 미워하면서 업을 쌓아 왔던가. 화해해라, 그리고 용서를 배워라. 죽음의 예비군인 우리를 향해 던지는, 죽은 이의 육신으로 쓴 편지를 무덤

　　　　　　　2부 | 삶의 모순, 그 앞에서 길을 묻다

에서 읽어낸다. 살아서는 아무리 칼을 품고 이를 갈았던 철천지원수 간이었다 해도 죽음이 그 반목과 증오심을 죄 거두어 갈 수 있다. 아니 거두어 가야만 한다. 죽음으로써 화해 못할 갈등이 무엇이 있을 것이며 죽음으로써 용서되지 못할 사연이 또 뭐가 있을 것인가. 우리네 삶에서 죽음이라는 이 필연의 현상보다 더 절실하고 구극적究極的인 명제는 결코 존재할 것 같지 않아서이다.

백 년을 채 채우지 못한 채 꺼지고 마는 것이 생자들의 집이라면, 천 년을 길이 머물게 되는 것이 사자들의 집이다. 그래서 사람들은 무덤을 일러 '천년집'이라고 불러온다. 천 년, 그저 관념 속에 머무는 참 아득한 시간이 아닌가. 아니, 꼭 천 년이라기보다는 가없는 세월을 에둘러 일컫는 이름일 터이다.

내일이면 주인공이 될 이 영원한 안식의 고향 앞에서, 나는 오늘 천 년의 삶을 설계한다.

천녀화

　드디어 산목련나무에서 고대하고 고대하던 꽃이 피었다. 얼 하나 묻어 있지 않은 순백의 빛깔에 눈이 부시다. 아니, 이 정도의 찬사로는 턱없이 부족해 보인다. 완전히 넋을 빼앗길 지경이라는 말이 오히려 적절한 표현일 성싶다. 전생에 무슨 공덕을 쌓으면 이리도 고아한 아름다움을 지니게 되는 것일까.

　비단 생김생김만이 아니다. 거기다가 주먹만큼씩 큼직큼직한 송이 송이에서 기막히게 달콤한 향기까지 뿜어내어 자신의 존재 가치를 알린다. 세상에서 만날 수 있는 그 어떤 향수도 산목련나무의 향기에는 비길 바가 못 될 것 같다는 생각이 든다. 눈으로 얻는 기쁨에다 코까지 호사를 누리니 행복감은 배가 된다.

다섯 해 전, 처음엔 겨우 한 두어 뼘가량이나 될까 말까 한 세 그루가 우리 집으로 입양되어 왔다. 강원도 횡계의 깊디깊은 산골짜기에서 개울물 소리만 들으며 살다 낯설고 물선 새 환경에 적응하기가 녹록지 않았던 탓이었을까. 그 가운데 두 아이는 어느 날부터 시름시름 몸살을 하더니 기어이 저세상으로 떠나고 말았다. 한 아이만이 어찌어찌 살아남아 오늘 이렇게 소담스러운 선물을 안겨다 준 것이다.

누가 볼세라 잎사귀 뒤에 살짝 얼굴을 가린 채 함초롬히 피어 있는 자태가 섣불리 범접할 수 없을 듯 신비감을 불러일으킨다. 정녕 천사가 존재한다면 아마도 이런 모습이 아니려나, 황홀한 상상에 빠져들게 만든다. 이른 아침에 밥을 먹다가도 마당으로 뛰쳐나가 들여다보고, 야심한 밤에 잠을 청하다가도 벌떡 일어나 안부를 살피곤 한다. 어느 정인이 이리도 마음을 흔들어 놓을 수 있단 말인가. 그윽한 눈길로 오래 바라다보노라니, 그 청초한 자태에 미혹되어 그만 숨이 멎어버릴 것만 같다.

북한에서 국화國花로 지정하여 떠받드는 꽃나무인 산목련, 생전의 김일성이 이 나무에 얼마나 마음을 빼앗겼으면 나라꽃으로 삼으라고 영을 내렸을까. 백옥같이 희디흰 빛깔이며 형언 못 할 향기에서 비단 김일성 아니라 그 누구라도 한눈에 반해버릴 듯싶은 묘한 매력이 풍겨 나온다.

산목련은 글자 그대로 풀이를 했을 때 '산에서 자라는 목련'이라는 뜻을 지녔다. 사람들은 '목련' 하면 으레 백목련을 떠올리리라. 백목련이야말로 세상 모든 목련류의 대명사처럼 통하기 때문인 게다. 그렇다면, 이름에 목련이라는 말이 들어가 있는 산목련을 두고서는 백목련의 사촌쯤이겠거니 여길 법도 하다.

하지만 그런 생각은 다분히 오산이다. 백목련과 산목련은 서로가 닮은 듯 다른 구석이 무척 많은 두 종이다. 백목련이 잎보다 꽃이 먼저 겨울잠에서 깨어나 떠들썩하게 화려한 자태를 뽐내며 봄마중을 하는 꽃나무라면, 산목련은 잎을 먼저 앞장세운 뒤 꽃이 그 뒤를 따라 가만히 조신한 얼굴을 내밀며 여름 마중을 하는 꽃나무이다. 백목련이 하늘 높이 횃불을 치켜들고 여항閭巷의 골목길을 밝히는 꽃나무라면, 산목련은 다소곳이 등불을 켜 들고 산사의 숲길을 밝히는 꽃나무이다. 백목련이 그 무엇도 거칠 것 없이 혼자서도 당당히 꽃을 피우는 나무인 데 반해, 산목련은 혼자서는 외로워 여럿이서 어깨동무를 하고 꽃을 피우는 나무이다. 육신이 여기저기로 팔려 다녀도 끝끝내 질긴 목숨 부지하는 백목련과 달리, 산목련은 이곳저곳으로 강제 이주를 시킬라치면 죽음으로써 항거하는 정절의 꽃나무이다. 백목련이 '이루지 못할 사랑'을 찾아서 한껏 멋을 부린 중국 여인 같다면, 산목련은 '수줍어 수줍어'서 살포시 고개 숙인 조선 여인을 닮았다.

여기까지가 다라면 조금은 싱겁다 싶은 생각이 들 수도 있을지 모르겠다. 두 꽃나무의 천성을 견줄 때 절대 빠뜨려서는 아니 되는 차이의 하나가 다름 아닌 화기花期다. 백목련이 이웃 나라의 국화인 벚꽃처럼 일시에 화르르 피어났다 길어야 채 열흘을 넘기지 못하고 한꺼번에 후루루 쏟아져 버리는 점성 없는 나무인 데 비해, 산목련은 우리의 나라꽃인 무궁화처럼 간단없이 피고 이울고 피고 이울고를 되풀이하는 끈기까지 지닌 나무이다. 그리하여 달을 거지반 두 번 가까이나 채울 만큼 긴 기간에 걸쳐서 보는 사람에게 즐거움을 안겨 주니, 이야말로 산목련 나무가 지닌 미덕 중의 미덕이 아닐 수 없다.

산목련은 이름 부자인 꽃나무이기도 하다. 세상에는 하늘의 별 못잖게 많고 많은 수목이 존재하지만, 그들 가운데 산목련만큼 다양한 이름을 가진 경우가 과연 몇이나 될까. 송이의 크기가 함지박만 하다고 해서 '함박꽃나무'라는 명칭이 붙여졌는가 하면, 생긴 모습이 마치 함박웃음을 머금고 있는 것 같아서 그런 이름을 얻었다고도 한다. 나무에 피는 난초라는 뜻의 '목란木蘭'이라는 어여쁜 별명도 지녔다. 하늘에서 내려온 천사에 비유하여 '천녀화天女花', 곧 천사의 꽃이라고도 일컬어진다. 천사처럼 우아하면서도 고고한 분위기가 감도는 자태에서 그런 극찬이 하나도 지나치지 않다 싶다. 그런가 하면 한방에서는 '신이화辛夷花'로 불린다. 채 피기 직전의 꽃봉오리가 매운 성질을 지니고 있어 두통이며 치통, 생리통 같은 갖가지 통증을 두루 다스릴 뿐만 아니라, 비염과 축농증 따위의 뿌리 깊은 질병에도 탁월한 약효를 발휘하기에 그런 이름이 붙었다고 알려져 있다. 이처럼 다양한 이름을 가졌다는 것은 그만큼 기나긴 세월에 걸쳐 사람들로부터 많은 사랑을 받아온 꽃나무라는 의미로 해석해도 좋으리라.

누가 내게 이 수다한 명칭들 가운데서 가장 마음에 드는 것 딱 하나만 골라 보라고 한다면, 그가 물어 오기도 전에 이미 천녀화에다 낙점을 해 두었다. 지극히 고아한 자태도 자태려니와, 무엇보다 더없이 순후해 보이는 성정이 어쩐지 천상의 여인을 빼닮았을 것 같은 느낌이 들어서이다. 천녀화, 천녀화, 천녀화……, 알사탕을 굴리듯 입 안에 넣고 되풀이 궁굴려 본다. 불러도 불러도, 부르면 부를수록 정감이 가는 이름이다.

만일 내 이다음에 이승의 삶이 끝난 뒤 다시 새 생명을 부여받을 수 있다면, 어느 깊디깊은 산골짜기에서 천녀화 곁을 지키고 선 한 그루의 소나무로 태어나고 싶다. 그리하여 언제까지라도 한결같이 눈길을 주면서 오래오래 사랑하고 싶다.

이제부터라도 얼마나 부지런히 공덕을 쌓으면 그런 바람 하나 이루어질 수 있으려나. 산목련 나무, 아니 천녀화 앞에서 품어 보는 분에 넘치는 소망이다.

삶의 모순, 그 앞에서 길을 묻다

　다달이 갖는 문학동인 모임 자리에서였다. 왁자하니 세상 살이의 한담들이 오가다, 무슨 말끝에 K 선생이 이런 이야기를 꺼낸다. 누구라도 다들 한두 번씩은 고민에 빠져 보았음 직한 경험담이기에 귀가 솔깃해졌다.

　사연인즉슨, 이제껏 골프장 출입을 하기 전에는 그런 곳에 들락거리는 이들을 두고 팔자 좋은 사람들이라며 이죽거렸는데, 막상 자신이 골프에 맛을 들이고 보니 생각이 백팔십도로 바뀌더라는 고백이었다. 드넓게 펼쳐진 푸르른 잔디밭에서 싱그러운 공기 마시며, 반지르르 윤이 흐르는 백구白球의 경쾌한 파열음과 함께 세상잡사로 쌓인 스트레스를 날려버리기에는 더없이 좋은 운동이 바로 골프가 아닐까 싶더라는 것이다.

　듣고 보니 그 이야기가 영락없는 내 이야기였다. 내가 자동차를 가지기 전과 가지고 난 후의 심리 상태도 그와 하나도 다르지 않다. "안 그래도 비좁은 도로에 나까지 쓸데없이 자가용은 뭣 하려고?" 무슨 주의 주장이 그리 투철한 위인이라고 내처 이래 오다가, 어느 날 차를 부리게 되면서부터 삶의 틀이며 의식 자체가 완전히 달라져 버리고 말았으니 말이다.

'없음'에서 '있음'으로의 이 간단한 변화가 많은 것을 바꾸어 놓았다. 무엇보다도 출퇴근 시간마다 겪던 콩나물시루 같은 만원 버스에 시달리지 않아서 좋았고, 어디를 목적하든 제시간에 닿지 못할까 봐 동동거리던 마음의 초조로부터 한결 자유로워졌다. 강아지조차 이따금 수가 틀리면 제 고집을 피우건만, 놈은 성화 한 번 부리지 않고 늘 살가웠다. 그러니 마음만 먹으면 들로, 산으로, 바다로 훌쩍 나들이를 떠날 수 있어 마냥 행복에 겨웠다. 제법 콧노래까지 흥얼거리며, 얼음판 위를 미끄러지듯 달려 나가는 재미에 시나브로 길들어져 버린 것이다. 누가 나를 향해 사람이 어찌 그리 이중적이냐며 비난의 화살을 날린대도, 나는 이제 와서 선뜻 내 차를 팽개칠 용기를 내진 못할 것 같다.

자동차를 가짐으로 하여 얻은 것도 많지만 잃은 것도 적지 않다. 시원한 속도를 얻은 대신 아기자기한 전경前景을 잃어버렸다. 생활의 편리를 얻은 대신 알콩달콩 부대끼며 살아가는 재미를 잃어버렸다. 차가운 금속성의 기계 소리를 얻은 대신 이웃들의 따스한 숨소리를 잃어버렸다. 그다지 가지지 않았어도 좋았을 것들을 가진 대신 결코 놓쳐서는 아니 될 소중한 것들을 놓치고 말았다.

안락함이란, 마약보다도 중독성이 강해서 거기다 한 번 맛을 들였다 하면 끊기가 거의 불가능에 가깝다. 그것은 암컷에게 몸을 뜯어먹혀 참혹한 죽음을 맞으면서도 쾌락의 황홀경에서 헤어나지 못하는 수컷 사마귀의 성애性愛처럼 매혹적인 것이기에.

그 반대급부로 망각의 그림자가 머릿속을 하얗게 지워 놓는다. 개구리 올챙이 적 생각 못 하듯, 지난날의 그 불편해서 오히려 애틋했던 일들은 쉬이 잊게 만든다. 그러면서 마치 예전부터 유한계층이나 되었던 것인 양 착각에 빠져 거들먹거리게 함을 가르친다.

으레 몸에 해가 되는 것은 달고 몸에 이가 되는 것은 쓰게 마련인 법. 그런 까닭에, 잠시 불편을 감수해 보려고 용기를 내다가도 해로운 줄 번연히 알면서 쫓기듯이 편리 쪽으로 다시 몸을 숨기고 만다. 신神이 맛도 있고 몸에도 이로운 걸 한꺼번에 주었으면 좀 좋으랴만, 입맛대로 다 만족하게끔 애당초 그렇게 설계를 해 두지는 않은 모양이다. 이것이 사람살이의 영원불변한 이법인가 한다.

　무엇에 길들어진다는 것은 그전의 질서와 단절하는 아픔이다. 그것은 사탕발림처럼 우리의 판단력을 무감각화시켜 버린다. 그래서 될 수만 있다면 거부의 울타리를 쳐 두고 당당히 버티고 싶다. 꼿꼿이 서서 혹독한 칼바람을 맞고 싶다. 온몸으로 맞고 싶다.

　하지만 편리라는 달콤함은, 헤어 나오려고 발버둥이치면 칠수록 더욱 깊이 빠져드는 늪처럼, 주어진 현실에의 안주로부터 탈출을 방해한다. 육신의 안온함이 들어 맑은 정신을 흐려 놓고 지혜의 눈을 멀게 만든다. "안 돼요 돼요 돼요 돼요 돼요 돼요 돼요 돼요 된다니까요"라고 노래하는 어느 대중가요 가사에서처럼, "싫어요, 싫어요" 입으로는 줄곧 거부의 말을 주워섬기면서도 몸은 이미 허물어지는, 사랑에 취한 여인의 혼란스러운 심사와도 같이, 마음은 자꾸 '이래서는 안 되는데, 이래서는 안 되는데……' 되뇌면서도 몸은 어느덧 그쪽으로 꺼둘려 간다.

　옛말에 사람이 너무 편하면 못쓴다는 이야기가 있다. '삼현육각三絃六角* 잡히고 시집간 사람 잘산 데 없다'는 속담도 생겨났다. 처음부터 모든 것이 두루 갖추어진 삶은 하나, 둘 불려 가면서 사는 재미를 모르게 하고 서릿발 같은 도전정신을 무디어지게 만들기 때문이다. 이러한 인과의 엄숙한 철리를 헤아려 보노라면, 금과옥조처럼 빛나는 보왕삼매론寶王三昧論의 가르침 한 구절이 가슴을 적셔 온다.

"세상살이에 곤란 없기를 바라지 말라. 세상살이에 곤란이 없으면 업신여기는 마음과 사치한 마음이 생기게 되나니, 그래서 성인이 말씀하시되 근심과 곤란으로써 세상을 살아가라 하셨느니라."

우리네 인생사에서 모든 위대한 가치를 지닌 것들은 필시 극심한 고통 속에서 피어난 눈물꽃이다. 이러한 사실이 절대 진리일 수 있음에 대하여 고개를 끄덕이면서도, 당장 내 앞에 닥친 고통은 짐짓 외면하려 든다. 이것이 인간이라는 불완전한 존재가 지닌 삶의 모순인지도 모르겠다.

지난날의 순수했던 정신은, 그것이 안락 쪽으로 방향을 트는 순간 간밤의 꿈처럼 달아나 버린다. 아무리 붙잡으려 안간

---

* 삼현육각: 삼현과 육각의 갖가지 악기. 곧 거문고, 가야금, 향비파와 북, 장구, 해금, 피리 그리고 한 쌍의 태평소로 된 기악 편성. 여기서는 '성대하고 화려한 음악'이라는 뜻으로 풀이가 됨.

2부 | 삶의 모순, 그 앞에서 길을 묻다

힘을 써도 속수무책이다. 그래서일까, 아편에 취해 통제력을 잃어버리듯 안락의 달콤한 맛에 녹아 들어가는 자신을 발견할 때면 흠칫흠칫 놀라곤 한다.

삶의 끈은 하나의 목표물을 정해 놓고 뜨겁게 세상을 헤쳐 나갈 때 팽팽하다. 그러다가 목표지점에 도달하는 순간 그 끈이 풀리면서 그만 치열함을 놓쳐 버린다. 깨끗하던 물이 한곳에 고이게 되면 썩고 말듯이, 맑았던 마음도 주어진 현실에 안주하면 흐려져 버리는 까닭이다.

벌거벗은 자신의 실체와 마주 서게 되는 것은 언제나 감당하기 힘든 시련에 맞닥뜨렸을 때이다. 그에게는 이 시련이 더없이 귀한 약이 된다. 그래서 수행자는 일부러 육신의 고달픔을 감내하며 쉼 없이 고행 쪽으로 거칠고 외로운 발길을 터벅거리는 것인가 보다. 어느 시인이 절대자를 향해 애써 자신을 고독하게 만들어 달라고 간구했던 까닭을 어렴풋이나마 헤아릴 수 있을 것도 같다.

제 배가 부르면 종의 굶주림을 깨닫지 못한다고 했다. 일신의 안락에 길들어지는 것은 마음의 눈을 멀게 하는 두려운 일이다. 그런 두려움 때문에 나름대로는 어설프게 수행자의 흉내라도 내어 보자는 심산으로 불편을 자청하며 어쩌다 대중교통을 이용할 때가 있다. 자꾸만 멀어져 가는 세상의 숨소리를 붙들고 싶은 어쭙잖은 몸짓이라고 해도 좋겠다. 그럴 때마다 마치 이방인이 된 듯 달라진 풍속도에 어리둥절해진다. 요금 계산 절차며 타고 내리는 방식이며 바뀐 노선 체계 같은 것들에 적잖이 당황하기 일쑤다. 그러면서 그동안 너무 세상의 바람을 등진 채 달팽이 등껍질 속에 틀어박혀 웅크리고 살아왔음을 뉘우친다.

사람이란 순간순간마다 삶과 죽음의 경계선을 넘나드는 존재자라고 하지만, 어찌 보면 '불편해서 치열함'과 '편리해서 나태懶惰함' 사이의 선택을 놓고 간단없이 고뇌하고 번민하는 유한자이기도 하다. 고통은 우리를 벼리는 용광로가 되지만 안락은 우리를 좀먹히는 벌레가 된다. 이러한 불변의 이치를 번연히 알면서도 불나방처럼 무모하게 안락 쪽으로 몸을 던지는 것이 또한 인간인가 한다.

영원히 풀릴 것 같지 않은 이 삶의 모순, 그 앞에서 나는 오늘도 스스로에게 길을 물으며 더듬이 잃은 방아깨비처럼 갈팡질팡 헤매면서 살아간다.

2부 | 삶의 모순, 그 앞에서 길을 묻다

울 줄 아는 사람

사람이 나이가 들어가면 그에 따라 자연히 느는 것이 많다. 눈가에 잔주름이 늘고, 머리에 백발이 늘고, 밤중에 화장실 드나드는 횟수가 늘고, 일상사에 잔소리가 또 는다. 울어야 할 일이 잦아지는 것도 그 가운데 하나인가 한다. 주위의 가까운 이들을 저세상으로 떠나보내고서도 울고, 누군가의 가슴 아픈 사연을 듣고서도 운다. 내 스스로의 사람살이가 답답하고 고달파서 울기도 한다. 어쩌다 꺼이꺼이 소리 내어 우는 날이 없는 건 아니지만, 대개는 내밀한 속울음이다.

세상이 날로 각박해져 가기 때문일까, 마땅히 울어야 할 일에도 눈물 한 방울 보이지 않는 사람들이 널려 있는 시대인 것 같다. 대신 걸핏하면 웃기를 잘한다. 그다지 웃을 만한 일이 아님에도 억지웃음으로 포장까지 하려 든다. 길들여진 처세술은 그것이 세상을 살아가는 데 있어 득이 됨을 예민한 동물적 감각으로 알아차린다.

울어야 할 때 울지 않는 사람, 그런 사람은 차가운 사람이다. 비정한 사람이다. 아니 무서운 사람이다. 어쩌면 그는 희로애락에 초탈한 부처 같은 성인이거나, 아니면 찔러도 피 한 방울 나오지 않을 도척盜蹠 같은 위인일지도 모른다.

울음을 속되다고 치부했던 까닭에서이리라. 나는 어렸을 때부터 반가班家의 후예는 눈물이 너무 흔하면 못쓴다는 엄한 가르침을 받으며 자랐다. 특히나 남아는 일생 동안 꼭 세 번만 울어야 한다고 배웠다. 세상에 태어나면서 울고, 부모가 죽었을 때 울고, 그리고 나라가 망했을 때 울고, 그 외에 눈물을 보이는 것은 사나이답지 못하다고 일렀다. 이러한 가르침이 은연중 솔직한 감정 표현을 억눌러 왔는지도 모르겠다.

아무리 그렇다곤 해도 마땅히 울 일에 일부러 울음을 참는다는 건 너무 억지스럽다. 심지어 웃어야 할 때에도 도리어 눈물이 나올 수 있는 것이 우리네 사람살이 아니던가. 노인대학이나 복지관 같은 곳에서 흥에 겨워 춤을 추고 있는 할아버지 할머니들의 몸짓을 보고 있으면 자꾸만 눈시울이 붉어지려 한다. 그들이 얼마 뒤의 운명을 깨닫지 못하는 슬픈 종족인 것 같아서이다. 그러니 어찌 연민의 마음이 일어나지 않으

라. 고아원이나 보육원 같은 불우시설에서 천진난만하게 뛰어노는 장애아들의 모습을 바라보고 있으면 내내 가슴이 아려 온다. 앞으로 그들에게 지워질 세상살이의 짐이 너무 무거울 것 같아서이다. 그러니 어찌 애처로운 감정이 솟아나지 않으랴.

어렸을 적에는 그저 웃을 일만 많았다. 별것 아닌 일에도 걸핏하면 까르르 까르르 웃음보가 터지곤 했다. 어리숭한 친구 골려 먹느라 웃고, 선생님 별명을 불러 대며 웃고, 엄마를 속여 놓고서 또 웃었다. 사람마다 약간의 차이는 있겠지만 대개가 그랬었다. 지금 생각하면 왜 그리 철이 없었을까 싶을 만큼 참 치기 어린 행동이었던 것 같다. 이제 한 해 두 해 나이테가 감겨 갈수록 웃을 일은 줄어들고, 그 대신 울어야 할 일이 점점 많아진다.

어저께도 O 대학병원 장례식장을 찾아 조금 울고 왔다. 아직은 살아갈 날이 구만리 같은 나이임에도 먼저 세상을 등진 죽마고우와의 영원한 별리 앞에서 어찌 한 방울의 눈물이 없을 것인가. 어떨 때는 남의 눈을 봐서 그저 우는 척 시늉이나 하고 말지만, 이럴 때는 정말 감정이 북받쳐서 저절로 울음이 나온다.

사람이 나이 들어간다는 것은 우는 연습에 길들여지는 일이다. 흐르는 세월 따라 삶의 무게 중심이 차츰 웃음 쪽에서 울음 쪽으로 기운다. 웃음의 귀착점은 마침내 울음이므로. 아이들도 너무 웃으면 종당엔 일쑤 울음으로 끝이 나지 않던가. 그래서 어른들은 지나친 웃음을 경계하여 "저놈이 저러다가 결국 울고 말지"라는 말로 염려를 하는 건지도 모르겠다.

울고 있는 사람을 보면 이마라도 맞대고서 같이 울어 주고 싶다. 피붙이를 대하는 마음으로 따뜻이 보듬어 주고 싶다. 그들은 세상살이라는 치열한 전쟁터에서 쓴잔을 마신 약자들이기에, 그 쓰라린 가슴을 보듬어 주며 아픔을 함께하고 싶다. 슬픔은 나눌수록 가벼워진다고 했으니, 아무리 큰 불행일지라도 더불어 울어 줄 이가 있다면 이겨 내기가 한결 수월할 것 같아서이다.

심화心火의 병으로 고통받는 이에게는 울음이 최고의 치유제가 된다. 웃음은 스트레스를 날려 주지만 울음은 카타르시스를 가져다주기 때문이다. 아마도 그래서이리라, 많이 웃고 나면 마음속이 허전해지는 데 반해 실컷 울고 나면 가슴속이 후련해진다. 이것이 울음의 본질적인 속성이며 가치가 아닌가 한다. 웃음이 엔도르핀을 자아낸다고 하지만 울음이 생성해 내는 엔도르핀 수치에는 까마득히 미치지 못할 것 같다. 아니, 울음의 엔도르핀은 웃음의 엔도르핀과는 아예 그 성분 자

2부 | 삶의 모순, 그 앞에서 길을 묻다

체부터가 다른 성싶기도 하다. 환희심이 밀려와 감격의 눈물을 흘리는 순간에는 엔도르핀의 사천 배가 넘는 다이돌핀이라는 호르몬이 분비된다고 하지 않는가.

천박스러운 웃음이 넘쳐나는 시대이다. 그만큼 세상이 진중함을 잃고서 부박해져 가고 있다는 느낌을 지울 수가 없다. 텔레비전 앞에 죽치고 앉아 〈웃음천국〉이니 〈폭소대작전〉이니 하는 따위의, 억지웃음으로 인기를 끌려는 코미디 프로에 넋을 놓고 있는 사람들, 이들이 오늘의 참을 수 없는 가벼움을 증거한다. 각다분해진 세상이 평소 얼마나 육신을 혹사하고 머리를 복잡하게 만들면, 그들은 이런 데서 휴식을 찾고 지친 마음을 위로받으려 드는 것일까. 여기에까지 생각이 미칠 때면 적이 우울해진다.

우리 조상들은 치자다소癡者多笑라고 하여 실없는 웃음을 경계했었다. 웃음이 지나치면 어쩐지 사람이 경망스러워 보인다. 도무지 믿음성이 느껴지지 않는다. 하기야 웃음도 웃음 나름이겠지만, 어떤 웃음 뒤에는 음충맞은 꿍꿍이수작이 감추어져 있는 경우가 다반사이다. 그래서 그런 웃음과 대면할 때는 나도 모르는 사이에 경계의 더듬이를 곧추세우게 된다.

눈물이 흔한 사람은 그만큼 마음에 때가 묻지 않은 맑은 영혼의 소유자임이 분명할 것 같다. 나는 때때로 진실한 울음에서 가슴을 녹여내는 순정한 인간상을 만나곤 한다. 분별없이 웃음이 헤픈 사람치고 생을 진지하게 사는 이가 과연 얼마나 될까. 나이 들면서 눈물이 많아진다는 것은 그만큼 생에 대한 진정성이 높아 간다는 방증일 터이다.

울어야 할 때는 마음 놓고 실컷 울어 볼 일이다. 울고 있는 모습처럼 인간적인 것이 없기에.

불쏘시개

벽난로에 불을 지핀다. 세상만사 어느 것 하나 쉬운 일이 있을까만, 벽난로 불붙이는 일 역시 생각만큼 그리 만만치가 않다. 거기에도 나름의 요령이 숨어 있는 까닭이다. 착화 순서를 제대로 지키지 않으면 적잖이 고역을 치러야 한다. 그 절차가 번거롭고 귀찮아서 몇 번 써보다 내버려 두어 쓸데없이 공간만 차지하는 애물단지가 되는 경우도 허다하다.

먼저 로스톨 바닥에 신문지 네댓 장을 공처럼 공글려서 깐다. 그 위에다 삭정이나 잔가지들을 얹는다. 다시 그 위에다 굵은 가지를 얼기설기 채운다. 그런 다음 마지막으로 가는 장작 몇 개비를 우물 정# 자 모양으로 포갠다. 이렇게 해놓으면 일단 불붙일 준비는 끝이 난다.

라이터를 그어 신문지에 갖다 댄다. 처음엔 종이의 화력으로 화르르 타오른다. 하지만 이것으로 불 피우기가 성공했거니 여기면 오산이다. 그 불은 잔상만 남기고 금세 사라진다. 그와 동시에, 종이가 타면서 생겨난 여열이 마중 불이 되어 타닥타닥 불꽃이 일면서 잔가지로 옮겨간다. 이때가 불이 붙을지 꺼질지 판가름 나는 순간이다. 어떨 땐 가물가물하다가 한참 만에 활활 타올라 오는가 하면, 어떨 땐 잘 살아나는가 싶다가도 스르르 눈을 감아버리고 만다. 이처럼 거의 엇비슷한 상황에서도 생사는 극명하게 갈린다.

꺼질락 말락 할 때 새끼손가락 굵기만 한 나뭇가지 하나를 장작 위에다 던져 준다. 까무러져 가던 불이 타닥타닥 소리를 내다가, 잠시 후 기세 좋게 되살아난다. 따지고 보면 하찮아 보이는 작은 나뭇가지가 생살여탈권을 쥐고 있는 셈이다. 벽난로의 불꽃을 가만히 지켜보고 있노라니, 목숨이 경각에 달린 환자와 마주한 의사의 마음이 아마도 이렇지 않을까 싶은 생각이 든다.

삶과 죽음의 경계는 종이 한 장 차이에 지나지 않는다고 했던가. 어쩌다 가슴 저미는 사연으로 몸부림치게 될 때, 사람들은 곧잘 이 이야기를 입에 올리며 위로받고 싶어 한다. 생과 사가 한순간에 엇갈리는 일이 세상살이에서 늘 비일비재하게 일어나기 때문이어서 일 게다. 벽난로에 불을 지피면서 그 말의 심오한 의미를 돈오(頓悟)하듯 깨친다.

서른 해가 넘는 세월 동안 대도시 언저리를 맴돌다 연전에 산골로 삶터를 옮겼다. 각다분하고 번잡스러운 그곳 생활이 도무지 생리에 맞지 않았던 까닭이다. 그동안 "언젠가는 떠나야지. 언젠가는 떠나야지." 소리를 노래 부르듯 되뇌어 왔다. 그렇게 내내 마음을 붙이지 못해 겨워하다 마침내 용기를 내어 실행에 옮긴 산골행이다. 그 후 여러 번의 겨울이 다녀갔다. 처음 맞이했을 때는 썩 반갑잖은 손님 같더니, 이제는 많이 낯이 익어졌다.

산골의 추위는 뼛속까지 사무칠 만큼 혹독하다. 특히나 선달 어름이면, 도시에서 영하 십여 도를 오르내릴 때 산골에선 거기다 적어도 절반 가까이는 더 얹어서 치러야 한다. 말 그대로 추위와의 전쟁이다. 물 좋고 정자까지 좋은 데가 어디 있을까. 그런 강추위는 문밖에 세워 두고 침묵으로 정담을 나눌 수 있는 다정한 벗이 벽난로이다. 이것은 도시인으로선 웬만해서 맛볼 수 없는 산골 생활의 작지만 큰 즐거움이 되어준다. 벽난로 앞에 앉아 너울너울 타오르는 불꽃을 응시하고 있으려니, 어린 시절 할머니한테서 들은 이야기 한 토막이 꽃불이 되어 되살아난다.

지금도 여전히 그 신세를 못 면하고 지내지만, 어릴 적에

나는 유달리 약골이었다. 한번은 세 살 나던 어느 겨울날, 마른김을 삼키다 그만 목구멍에 걸리는 바람에 죽음 문턱까지 간 일이 있었다고 한다. 동네 아낙들이 위로차 찾아와 아이의 상태를 살펴보고는, 하나같이 가망 없으니 단념하라며 달래었다. 어머니는 살릴 희망을 접은 채 강보에 싸서 윗목에 밀쳐 두고는 눈물로 밤을 밝혔다.

절벽 같은 생사의 갈림길에서 용케 생 쪽으로 방향을 틀었던가 보다. 다음 날 어슴새벽에 어디서 주웠는지 할머니가 김이 모락모락 나는 개똥을 구해 와 내게 달여 먹이셨고, 한나절 뒤 나는 온몸이 땀에 흠씬 젖은 채 기적적으로 깨어났다고 했다. 곰곰이 헤아려 보면, 개똥은 사위어 가는 어린 목숨을 살려낸 불쏘시개였던 게다. 그 생명의 은인이 아니었던들 지금의 나는 어떻게 되어 있을까. 그때 당시의 상황을 그려 보노라니 개똥 앞에 넙죽 큰절이라도 올리고 싶어진다.

민요풍의 국민가요로 대중의 사랑을 받는 〈갑돌이와 갑순이〉 노래에 생각이 미친다. 둘은 서로 애틋하게 연정을 품고 있었으면서도 그들의 사랑은 끝내 이루어지지 못한다. 그것은 그 사랑에 불을 댕겨 줄 쏘시개가 없었던 탓이다. 사랑이 결실을 거두기 위해선 자신들이 직접 나서거나, 그럴 용기가 생기지 않았다면 중간에 매파라도 넣었어야 했다. 중매는 잘

하면 술이 석 잔 못 하면 뺨이 석 대라는 말이 있지만, 설사 오지랖 넓게 뺨 석 대를 얻어맞는 한이 있어도 거기엔 아름다운 인연을 맺어 준다는 지중한 의미가 담겨 있지 않을까.

짐을 가득 실은 손수레가 가파른 언덕길을 오른다. 서푼서푼 잘도 굴러가는가 싶더니 마지막 고비에서 가쁜 숨을 몰아쉰다. 끌어올리려는 작용과 끌어내리려는 반작용의 팽팽한 겨루기가 한참 동안 이어진다. 젖 먹던 힘까지 다 내어 보지만 수레는 요지부동이다. 여기서 시간이 더 지체되었다가는 줄줄 뒷걸음질을 치게 될 판이다. 이 임계상황에서 누군가 새끼손가락 하나의 힘만 살짝 보태 주어도 수레는 가뿐히 고개를 넘어설 수 있다.

불꽃이 활활 타오를 때는 쏘시개를 아무리 던져 넣어 봐야 전혀 효과가 나타나지 않는다. 가물가물 꺼지려고 하는 순간 그것은 최상의 위력을 발휘한다. 때에 따라선 작은 것이 큰 것의 몫을 능가할 수도 있다는 세상사의 이치를 새삼 깨닫게 하는 대목이다.

사람살이에서인들 무엇이 다를 것인가. 자신의 힘만으로도 충분히 잘 헤쳐 나가는 이들에게야 조그만 도움의 불쏘시개는 그저 코끼리 비스킷에 지나지 못한다. 반면 벼랑 끝으로 몰려 삶의 끈을 놓아버릴 상황에 놓인 사람에게 있어 그것은 목숨에 값할 만큼 절실한 법이다.

"큰돈을 아낌없이 주면서도 때로는 당장의 환심조차 얻지 못하는 수가 있는가 하면, 그리 대단찮은 은혜를 베풀었음에도 상대방이 평생토록 잊지 못하고 고맙게 여기는 수도 있다. 그러기에 남한테 도움의 손길을 내밀 경우에는 때와 처지를 잘 헤아려서 베풀어야 하는 것이다."

이렇게 설파한 『채근담』의 말씀은 불쏘시개의 귀중함을 웅변하는 경구警句가 아닐까.

누구나 성공과 실패 혹은 희망과 절망의 갈림길에서 불쏘시개 역할을 한 나뭇가지 이야기 한두 가지씩은 다들 갖고 살아가리라. 그것은 어려운 환경 속에서 어느 독지가가 대어 준 학비일 수도 있고, 엇길로 빠지려는 제자에게 바른길로 가도록 물꼬를 터준 스승의 가르침일 수도 있다. 삶의 의욕을 잃고 낙담하는 후배한테 "너는 지혜로우니 충분히 이겨 낼 거야"라며 추어주는 선배의 한마디 칭찬과 격려일 수도 있을 것이다.

가만히 눈을 감고서 지나간 나날들을 되짚어 본다. 오늘 이 순간까지 내 언제 한 번이라도 누군가에게 불쏘시개 구실을 한 적이 있었던가. 노상 자기 삶의 불쏘시개만 얻으려고 안달을 부리면서도, 지금껏 남들의 삶에 불쏘시개가 되어 본 기억은 전혀 떠오르지 않는 참 못난 위인이었던 것 같다. 이런 생각이 들 때면 적이 스스러워진다. 이제부터라도 꺼져 가는 생명의 난로에 불쏘시개가 될 수 있도록 세상을 좀 더 진지하게 살아야겠다며 마음 자세를 가다듬는다.

벽난로 앞에 앉아 이런저런 상념으로 골똘하다 보니 시나브로 불기운이 까무러져 있었다. 나무통에서 삭정이 하나를 집어 화구 안으로 던져 넣는다. 잠시 후, 타닥타닥 소리를 내더니 이내 불꽃이 화르르 되살아난다. 심 봉사 개안하듯 어둑서니같이 침침했던 눈이 환하게 밝아오는 느낌이다. 나른한 기쁨이 몸속으로 퍼진다.

벽난로에 불을 지필 때면, 나는 생사가 오락가락하는 위급환자를 다루는 의사가 된다.

말을 말하다

할아버지는 생전에 갓을 무척이나 아끼셨다. 당신께서 기거하시던 사랑방 한쪽 구석에는 늘 둥그런 밥상보를 닮은 갓집이 모빌처럼 대롱대롱 매달려 있었다. 그 안에 반질반질 윤기 흐르는 갓이 신줏단지 모시듯 갈무리되어, 부름을 받게 될 날만을 기다렸다. 그렇게 노상 어둠 속에 갇혀 지내다 이따금 할아버지의 긴한 출타 때면 잠깐씩 햇빛을 보곤 했다. 그래서 갓은 내게 그냥 단순한 쓰개 이상의 특별한 의미로 다가왔었다.

처음엔 갓이 말총으로 만들어진다는 사실을 까마득히 몰랐다. 생김새로 보나 색깔로 보나 둘 사이에는 서로 닮은 구석이라곤 눈곱만치도 찾을 수 없기 때문이다. 애벌 구운 도자기에 유약을 발라 고열로 소성하듯 미완성의 갓에다 옻칠을

올려 완전히 탈바꿈시켜 놓으니 원래의 모습은 상상하기 힘들다.

갓의 주재료가 말총이라는 사실을 알게 된 것은 한참의 세월이 흐른 뒤였다. 연전, 나들잇길에 우연히 전통공예 공방을 운영하는 지인의 작업실을 들를 기회를 가졌었다. 그날 지인으로부터 관모 제작 과정에 관한 설명을 듣고 비로소 그 비밀스러운 세계를 수박 겉핥기로나마 엿볼 수 있었다. 어떻게 말총을 갖고서 갓을 만들 생각을 다 했을까. 우리 조상들의 뛰어난 생활의 지혜에 저절로 감탄사가 튀어나왔다.

말은 주역 팔괘의 상으로 보면 건괘에 해당된다고 한다. 건乾은 곧 하늘을 가리키는 말이 아닌가. 그리고 보면 머리에 쓰는 장신구인 갓을 하늘을 상징하는 말의 털로 만들었다는 사실은, 우연의 일치일 수는 있겠지만 어쨌거나 참 아이러니하다 싶다. 할아버지가 평소 갓을 그토록 애지중지한 것도 아마 머리가 하늘같이 귀한 대접을 받아야 한다는 굳은 믿음을 신앙처럼 여기고 계셨던 때문이었는지 모르겠다.

할아버지는 젊어서부터 장년의 고개를 넘어설 때까지 푸른 세월을 비단 장사에 고스란히 바치셨다. 유행가 가사에 나오는 그 '비단이 장사 왕 서방'이 아니라 '비단 장사 곽 서방'이었다. 비단 필목을 등에다 짊어지고 이 고을 저 고을을 떠돌아다니면서 쌀이며 보리, 콩 같은 먹을거리로 바꾸어 와 가족들을 먹여 살렸다. 고개를 넘고 개울을 건너고 오솔길을 타박타박 걸어서 집으로 돌아오기를 수십 리 길, 그 고달팠을 삶은 머릿속으로 그려 보기만 하여도 가슴을 아리게 만든다. 당신께서는 아마 그때 말 같은 탈것 생각이 간절하셨으리라. 그시절만 해도 사람의 등짐에 의존하지 않는 운송 수단이라고는 가마나 말 정도가 고작이었으므로. 구한말과 일제 치하를 숨 가쁘게 살아내면서 간난이 목젖까지 차올라왔으니, 말의 힘을 빌린다는 건 양반 신분이 아니고서는 언감생심이었을 노릇 아닌가.

'말'하면 가장 먼저 떠오르는 것이 마패다. 하늘의 해와 달처럼 눈부신 광채를 발하던 물건, 조선 시대에는 거기에 새겨진 말의 마릿수가 곧 신분의 상징이었다. 『어사 박문수전』에서 박문수 대감이 탐관오리에게 억울한 일을 당하고 있는 백성들을 목도하고 마패를 번뜩이며 "암행어사 출두야!"를 외치는 장면은 가슴속이 후련하도록 통쾌했었다. 어린 내게 마패는 불의한 세상을 응징하는 정의의 사도로 뚜렷이 각인되었다. 비록 암행어사는 아니어도, 갓을 쓴 할아버지가 말을 타고 비단을 팔러 다니셨더라면 얼마나 근사했을까, 즐거운 상상을 해본다. 거기다 말 그림이 그려진 쥘부채까지 곁들였다면 그야말로 환상적인 구색이 되었으리라.

그 무엇이 세월의 강물을 거스를 수 있을 것인가. 자동차며 오토바이 같은 편리한 문명의 이기들이 생겨나면서 말은 차츰 교통수단으로의 기능을 잃어갔다. 시간이 돈이 되는 세상에서, 단순히 육체의 힘에만 의존하는 전통적인 방식으로는 더 이상 경쟁력을 가질 수가 없지 않은가.

대신, 다른 데서 용도를 찾았다. 이를테면 생활의 편의를 위한 이동 수단에서 승마라는 유희의 방편으로 쓰임새가 옮겨간 것이다. 승마는 이제 하나의 취미 생활이 되거나 운동경기 종목으로 우리에게 즐거움을 안겨준다. 경주마에 올라탄 기수들이 아슬아슬하게 장애물을 뛰어넘는 비월飛越 경기를 관전할 때의 짜릿함은 생각만으로도 벌써 가슴이 뛴다.

말과 관련된 유희로는 경마를 빼놓을 수 없을 것 같다. 수십 마리의 말들이 일정한 주로를 따라서 갈기를 휘날리며 질주하는 광경은, 지켜보는 이들에게 황홀한 쾌감을 선사한다. 그 분위기에 휩쓸려 사람들은 아낌없이 돈을 거는 건지도 모르겠다. 그러면서 분에 넘치는 욕망이 인생을 파멸의 길로 이끌 수 있다는 귀한 가르침도 배우게 될 것이다.

학창 시절, 〈석양의 건맨〉이나 〈황야의 무법자〉 같은 미국 서부영화에서 말 탄 장면이 나오면 그렇게 멋스러워 보일 수가 없었다. 영화 속 주인공이 미끈한 백마 위에 올라앉아 카우보이모자를 비껴쓰고 '휘이~ 휘이~' 휘파람을 불며 유유히 황야를 누비는 광경은 완전히 선망의 대상이었다. 그것은 먼 먼 미지의 세계에 대한 동경의 마음을 한껏 부풀게 만들었다.

말은 민첩하면서도 영리한 동물이다. 유랑극단의 공연에 말이 단골로 등장하는 것은 바로 말의 이 민첩성과 영리함 때문이 아닐까 싶다. 어쩌다 유랑극단 배우가 말과 한 몸이 되어 묘기를 펼치는 서커스 장면을 구경할라치면, 넘치는 스릴로 가슴이 요동친다. 사람과 말이 서로 호흡을 맞추며 역동적인 동작을 선보일 때, 그 짜릿한 광경에 구경꾼들은 열렬히 박수갈채를 보낸다. 그건 서커스가 단순히 묘기 차원을 넘어 하나의 예술로까지 승화하는 까닭에서이리라.

수삼 년 전, 제주도 여행 도중 난생처음 말을 타 볼 기회가 있었다. 그때 폭신한 안장에 오르는 순간, 느닷없이 할아버지 얼굴이 떠오른 것은 어인 일일까. 식구들의 생계를 위해 산길을 넘고 개울을 건너며 진종일을 타박거렸을 할아버지, 그 신산스러웠던 한살이에 연민의 마음이 인다. 그런 할아버지에게 나는 마음속에다 고이 간직하고 있는 듬직한 말 한 마리를 선사해 드린다.

어느새 갓을 비껴쓴 채 말 그림이 그려진 쥘부채를 설렁설렁 흔들며 말잔등에다 비단을 싣고 장삿길을 나서는 할아버지의 뒷모습이 눈앞에 펼쳐진다. 순간, 어쭙잖게 효손이라도 된 듯 기분이 흔흔해 온다.

인생 측량

아마도 중학생 시절이었지 싶다. 지리 수업 시간 선생님에게서 '지적'이란 말을 처음 들었을 때, 나는 그것이 무엇을 가리킨다는 뜻으로 쓸 때의 그 '지적指摘'인 줄로 알았다. 그만큼 지적地籍은 어린 내게 있어 이방인처럼 낯선 단어였다.

지적이 '땅의 호적부'라는 사실을 깨달은 것은 제법 나이가 들고 난 뒤의 일이다. 어쩌다 내 이름으로 된 산을 하나 가지게 되면서, 그때까지 말로만 들어오던 이른바 경계측량이라는 것을 경험하고부터다.

산은 집터나 논밭 같은 다른 지목의 땅에 비해 경계가 명확하지 않은 경우가 흔하다. 그것은 생겼다 하면 보통 작게는 몇만 제곱미터에서부터 크게는 몇십만 혹은 몇백만 제곱미터까지 규모가 엄청나기 때문이다. 그래서 일반적으로 "이 골짜기에서부터 저 골짜기까지 혹은 이쪽 등성이에서부터 저쪽 등성이까지" 하고 두루뭉술하게 넘어가 버리기 일쑤다. 이를 테면 완전히 주먹구구식인 셈이다.

값어치의 높고 낮음을 떠나 자기 이름으로 된 큰 땅덩어리를 소유하고 있다는 것은 얼마나 뿌듯한 일이던가. 나는 내 산의 위치가 어디서부터 어디까지인지 무척 궁금하였다. 게다가 경사도가 낮은 곳에다 유실수라도 심어 보려니 우선 명확한 경계 지점을 알아야 할 것 같았다. 그래서 관할관청에다 경계측량을 신청한 것이다.

지적공사로부터 연락이 온 건 그로부터 한 보름가량 지난 후였다. 어느 날 몇 시에 측량 계획이 잡혔으니 현장으로 좀 나와 달라는 전갈이었다. 나중에 가서 만에 하나 생길지도 모를 말썽의 소지를 없애기 위해 이해당사자가 자리를 지키고 있어야 한다는 것이었다. 부푼 기대를 안고 하루하루 손을 꼽아 가며 날짜를 기다렸다. 때때옷을 갖추어 놓고 설날이 오기를 고대하는 아이 같은 심정이었다.

기다림은 끝이 있다고 했던가. 마침내 그날은 왔고, 나는 아침 댓바람부터 신이 났다. 오래 궁금해했으면서도 이제껏 말로만 들어왔던 지적측량, 그것을 어떻게 하는 것인지 직접 확인할 수 있는 기회였기 때문이다.

기사들의 움직임 하나하나를 호기심 어린 시선으로 지켜보았다. 두 사람이 한 조가 되어 측량이 이루어졌다. 한 사람은 연신 측량기를 조작하고, 다른 한 사람은 폴대를 잡고는 박자에 맞춘 듯 능란하게 돌아간다. 측량 기사의 손짓에 따라 폴대가 마치 매미채 움직이듯 쉴 새 없이 춤을 춰대었다.

측량 장면을 유심히 바라다보고 있으려니, 불현듯 지난날의 양반과 상민, 상전과 하인의 관계가 그려진다. 양반의 권위에 절대복종해야 했었던 종살이의 아픔이 폴대를 잡은 사람에게서 어리비침을 보았다. 같은 인간으로 태어나 엄격한 신분사회에서 오로지 상전의 명에 따라 살아갈 수밖에 없었던 하인, 폴대를 잡은 사람 역시 자기주장과는 담을 쌓고 오로지 측량기를 쥔 사람의 지시에 의해 꼭두각시처럼 움직여야만 하는, 종 아닌 종이었다.

측량기를 잡은 사람이 한자리에 가만히 선 채 조준경을 들여다보며 이쪽저쪽으로 방향 지시를 내릴 때, 폴대를 잡은 사람은 비지땀을 뻘뻘 흘리면서 이리저리 정신없이 위치를 옮겨 다니지 않으면 안 된다. 가족이라는 무거운 등짐을 짊어지고 매일 같이 저렇게 뙤약볕을 누비는 수고를 그는 마다할 수 없으리라. 그래도 고생한 대가는 기기를 담당하고 있는 사람에 까마득히 미치지 못할 것 같다는 생각이 든다. 머리로 일

2부 | 삶의 모순, 그 앞에서 길을 묻다

을 하는 이가 측량기를 다루는 사람이라면, 폴대를 잡은 사람은 몸으로 뛰는 육체노동자가 아닌가. 그 고단해 보이는 삶에 잠시 연민의 마음이 스치고 지나간다.

그러면서 한편으론 돌려 생각도 해본다. 설사 그렇더라도 폴대를 잡은 사람이 없다면 당연히 측량은 이루어지지 못할 것이 아니냐. 임금도 물론 있어야 하지만 마땅히 백성도 존재해야 한다. 다만 임금은 임금답게, 백성은 백성답게 각자 자신이 맡은 역할에 충실할 때 사회는 아름답게 이루어지고 조화롭게 돌아가는 것이 아닐까. 측량하는 모습을 통해 이러한 세상사의 이치를 다시금 깨친다.

지적은 무엇보다 한 조를 이룬 두 사람의 호흡이 잘 맞아야 원활한 업무수행이 가능해 보인다. 측량기를 다루는 사람은 정확한 지점을 지적해 주어야 하고, 폴대를 잡은 사람은 그 지점에다 또 정확히 폴대를 꽂아야 한다. 이 지점을 잘 포착해야만 측량에서 오차가 적게 생긴다. 처음에는 아주 조금밖에 어긋나지 않은 측정점이, 갈수록 간극을 벌려 나중에는 전혀 엉뚱한 결과로 나타날 수 있기 때문이다. 산과 같은 큰 덩어리의 땅일수록 오차는 더욱 극심해진다. 그러기에 경계측량에서의 요체는, 기준점을 어디에 설정하고 폴대를 얼마나 정확한 위치에 꽂느냐의 여부에 달려 있다.

평소 나는, 측량을 하기만 하면 땅의 위치며 면적이 한 치의 오차도 없이, 그야말로 자로 잰 듯이 딱 부러지게 나타나는 줄로 알았다. 이번 경험을 통해 그런 단순한 생각이 얼마나 무지에서 나온 잘못된 판단이었는지 확연히 깨달았다. 기사의 기술이랄까 숙련도에 따라 얼마든지 달라질 수 있는 것이 측량이다. 하기에 측량에서는 항시 오차라는 것이 따른다. 이 오차로 인해 우리는 주변에서 서로 경계한 토지의 소유자들 사이에 분쟁이 생겨 악감정으로 이어지는 경우를 비일비재하게 본다. 그 까닭이 여기서 연유한다는 점도 비로소 알았다. 그러면서 그런 분쟁이 일어나지 않도록 미리 방비하는 것이 얼마나 중요하며, 따라서 이번 일은 측량 기사들이 투철한 소명의식을 갖고 측량에 임해야만 한다는 사실을 새삼 돌아보는 계기가 되었다.

문득 "땅은 사랑이다"라고 한 어느 광고카피가 떠오른다. 그 광고카피에서처럼, 정녕 땅이 사랑이라면 그 땅의 세부 정보를 제공해 주는 측량도 역시 사랑이어야 하리라. 아니, 세상 그 어떤 일이든 사랑 없이 되는 것이 어디 있을까. 자기 땅이라고 생각하고 사랑하는 마음을 갖는다면 측량 기사들은 자신이 맡은 일에 최선을 다할 것이고, 그러면 자연 땅을 둘러싸고 벌어지는 분쟁도 생겨나지 않을 것 아닌가.

우리네 삶인들 무엇이 다르랴. 인생살이도 어쩌면 하나의 측량 같다는 생각이 든다. 측량에서 첫 기준점을 잘못 잡았을 때 좌푯값 전체가 뒤틀려 버리듯, 삶에서도 처음에 저지른 조그마한 실수가 궁극엔 인생 전체를 그르치고 만다. 그나마 땅의 측량은 얼마든지 수정이 가능하지만, 한번 해 버리면 아예 수정 자체가 불가능한 것이 인생의 측량 아니던가. 뚜렷한 결과물이 남는 땅의 측량도 그리 만만치 않은 일이거늘, 하물며 맛도 모양도 색깔도 냄새도 없는 인생의 측량에서이랴. 그러기에, 인생의 설계도를 그리고 측량을 할 때는 땅의 측량보다 몇십 배, 몇백 배, 아니 몇천, 몇만 배의 사랑의 마음이 필요하리라. 사랑은 모든 것을 보듬어 주고 감싸 안는 숭고한 가치이므로.

어느새 측량은 끝이 나고 주위는 다시 정적에 싸였다. 쩌렁쩌렁 산천을 울리던 측량 기사의 고함소리만이 이명처럼 귓전에 쟁쟁하다.

위장

청개구리는 계절에 따라 몸 빛깔을 달리한다. 카멜레온의 변신술이라든가 대벌레나 나뭇가지사마귀 같은 곤충들의 위장술은 실로 감쪽같다. 하도 정교하다 보니 웬만큼 세밀한 관찰력이 아니고서는 일쑤 속아 넘어가게 되어 있다.

이들의 위장은 무엇보다 적의 공격으로부터 자신을 방어하기 위함이 그 목적이다. 물리적 약자가 생존을 보장받기 위한 수단으로는 위장만 한 무기도 없을 것 같다. 그러고 보면, 위장이야말로 먹이사슬의 하위 계층이 상위 계층에게서 목숨을 지켜낼 수 있는 최대의 호신술일 터이다.

꼭 방어의 목적만은 아니다. 상대를 제압하기 위한 공격의 방편으로도 위장은 아주 훌륭한 전술이 된다. 뱀이며 악어 같은 포식동물들의 위장은 강자가 지닌 최적의 무기다. 특히, 치명적인 타격을 입히기 위해서는 위장이 무상$_{無上}$의 위력을 발휘한다. 방어할 마음의 준비가 채 갖추어지지 않은 상태에서 공격을 받게 되면 완전히 속수무책일 수밖에 없기 때문이다.

동물들의 삶이 이렇게 서로 속고 속임의 치열한 먹이사슬을 이루어 굴러가듯, 사람과 사람 사이의 관계 맺음 또한 위장으로 팽팽한 역학적 질서를 이루어 영위되는 성싶다. 좀 성급한 예단인지는 모르겠으되, 이런저런 사람살이 가운데 실상 위장 아닌 것이 있을까 싶다.

연애를 해본 이들이라면 맞장구쳐 줄 줄 믿는다, 연애가 상대의 환심을 사기 위한 일종의 위장이라는 것을. 남자든 여자든 마찬가지다. 연애를 시작하면 무엇보다 위장술부터 는다. 평소엔 좀생원같이 인색한 사내라도 이때만큼은 상대의 마음을 얻으려고 아낌없이 지갑을 열어 댈 것이고, 보통 땐 말괄량이처럼 덜렁대는 갓나희라도 이 순간만큼은 어쨌든지 상대에게 예쁘게 보이려고 있는 애교 없는 애교를 다 동원할 것이다. 남자는 여자 앞에서 애써 터프가이답게 보이려 허세를 부리고, 여자는 남자 앞에서 괜히 순진녀인 척 내숭을 떤다. 자연히 좋은 면만 눈에 들어오고 나쁜 면에는 콩깍지가 씌게 마련이다.

한동안 이런 상태로 줄다리기가 이어지다, 막상 결혼을 하고 나면 상황은 백팔십도로 바뀌어 버린다. 위장이 비로소 허물을 벗으면서 베일에 싸여 있던 부분들이 적나라하게 드러난다. 그때까지 그저 좋게만 여겨지던 상대의 장점은 어느 틈에 모습을 감추고, 대신 숨어 있던 단점들만 불쑥불쑥 고개를 내민다. 연애는 환상이고 결혼은 현실이라는 말이 그래서 나왔는지도 모르겠다.

　여자들에게는 화장이라는 위장의 전략으로 이성을 유혹하려는 선험적인 기질이 내장되어 있는 것 같다. 이때의 위장은 이성으로부터 선택을 받으려는 고도의 심리작전인 셈이다. 마치 화려한 빛깔로 벌, 나비를 유혹하려는 꽃나무들의 종족 번식 본능과 흡사하다고나 할까. 수컷 공작새가 암컷을 향해 부챗살처럼 꽁지깃을 펼쳐 춤을 추는 동작이나, 여자들이 애교스러운 몸짓으로 남자들 앞에 교태를 부리는 행위 역시 여기서 크게 벗어나지는 아니할 성싶다. 이로 미루어 살피면, 무릇 겉모습이 아름다울수록 상대를 끌어들이는 데에 유리한 조건이 됨은 모든 생명체의 공통된 속성일 것이다.

　위장은 적을 무릎 꿇리기 위한 더없이 훌륭한 방편이기도 하다. 그런 까닭에, 위장을 논함에 있어 군사 이야기가 빠져서는 내용이 영 싱거울 것 같다. 작전상 전술과 전략을 짤 때 무엇보다 위장이 큰 몫을 담당한다. 말하자면 힘의 논리가 아니라 지혜의 논리라고 할 수 있겠다. 중국 고대의 손자병법에 나오는 삼십육계 가운데 하나인 '성동격서聲東擊西'는 군사작전에서의 대표적인 위장술이라 해도 좋으리라. 상대의 관심을 한쪽으로 돌려놓고 정작 공략하는 곳은 그 반대편 쪽이다. 이를테면 뒤통수치기 수법이라고나 할까. 공격하는 측으로선 그리 힘들이지 않고 소기의 성과를 거둘 수 있지만, 당하는 입장에선 치명상을 입는다.

팽팽한 대치로 항시 경계의 끈을 늦추지 못하는 군사분계선 최전방의 야간수색에서도 위장은 절대의 위력을 발휘한다. 굽이굽이 파고波高를 이룬 능선 저 너머에 서서히 어둠이 내리면, 병사들은 오늘 하루의 무사 안전을 위해 위장에 분주해진다. 이때가 그들에겐 가장 긴장되는 시간이다. 콧잔등이며 이마 그리고 광대뼈……, 불빛이 반사되는 얼굴 부위 부위마다 고루고루 숯검정이 칠해진다. 얼마나 위장에 공을 들였는가가 그들의 명줄을 쥐락펴락한다. 어설픈 위장으로 자칫 적에게 발각이라도 되는 날에는 목숨마저 위태로워진다. 이처럼 위장의 잘잘못 여부에 따라 승패가 갈릴 수 있고 보면, 이때의 위장은 곧 생사 문제와도 직결된다.

겉모습으로 하는 위장은 차라리 소박한 것인지도 모른다.

말이며 얼굴 표정으로 부리는 변신이야말로 멀쩡한 사람을 후려갈기는 시퍼런 위장술이 아닐 수 없다. 속마음과 다르게 살살 눈웃음치기를 잘하는 아첨꾼들은 이 위장술에 관한 한 천부의 재능을 타고난 위인들이다. 까마귀 떼는 시체나 쪼아 댈 뿐이지만 아첨의 떼는 생사람을 먹어 치운다. 한번 거미줄에 걸려들면 어떠한 곤충도 헤어나기 힘들듯, 일단 이들의 아첨에 맛을 들이면 성인군자 아닌 이상 판단을 그르치기가 십상이다. 그만큼 겉 다르고 속 다른 사람들이야말로 실상 가장 위험천만한 부류에 속한다.

여우의 탈을 쓴 간교스러운 행동이 흔히 '겸손'이라는 이름으로 미화되기도 한다. 겸손과 아첨은 종이 한 장 차이에 지나지 않을 만큼 그 경계가 모호한 까닭이다. 설사 제삼자의 입장이 되어 냉철하게 살펴본다 해도, 이 둘을 구분해 낸다는 것은 일란성 쌍둥이를 분별해 내는 것처럼이나 어려운 일이다. 국외자일 때에도 그러하거늘, 하물며 당자에게 있어서이랴. 그래서 일찍이 공자 같은 성인도 "지나친 겸손은 예가 아니다"라고 가르쳤고, 철학자 스피노자도 겸손을 일러 "야심가의 위선이거나 아니면 노예근성의 비굴함"이라고 설파하였는가 보다.

근천스러울 정도로 자신을 낮추어 높은 자리에 오른 사람일수록 대개 파리처럼 비비기를 잘한다. 속마음을 감추고 어떻게든 상대의 눈에 차게 보이려고 갖은 수단을 부린다. 타인의 가식적인 행위에 쉽사리 녹아 들어가는 것은 인간이란 존재의 타고난 약점 때문인가 보다. 누구든 그런 사람들의 행동 앞에서는 괜히 우쭐해지게 마련이다. 자신을 위장하는 일에 능수능란한 아첨꾼은 이 약점을 활용하는 데 생래적으로 예민한 감각의 촉수를 지닌 종족이다. 그래서 위장은 사회적인 출세와 떼려야 뗄 수 없는 관계에 있는지도 모르겠다.

그렇다고 하여 위장이란 것을 꼭 나쁘게만 여길 일도 아니다. 때로 사람과 사람 사이의 교분을 트는 데 있어 위장만 한 것도 없다. 너무 정세하게 정체가 까발려지면 관계 맺음이 어려워진다. 살아가다 보노라면 보아도 못 본 척, 들어도 못 들은 척, 알아도 모르는 척 적당히 눈감아 주고 덮어 주어야 할 경우가 생겨나는 것이 우리네 세상살이 아니던가. 이것은 상대를 배려하려는 선의의 위장이다. 절친한 벗이 전혀 뜻밖의 실망스런 모습을 보여도 못 본 척 넘어가 주는 것은 그의 올곧은 성품을 의심하지 않기 때문이고, 다소곳하던 아내가 평소 같지 않게 다소 과격한 언사를 내질러도 못 들은 척 덮어 주는 것은 그의 여린 본바탕을 믿기 때문이며, 성실한 아이들이 어쩌다 학교 성적을 조금 시원찮게 받아와도 모른 척 눈감아 주는 것은 누구에게서든 일시적인 침체기가 찾아올 수 있음을 알기 때문이다.

나 역시 살아오면서 혹여 위장의 갑옷으로 무장을 한 적은 없었던가? 아니, 왜 없었을까. 돌이켜보면 순간순간이 위장의 연속이었다. 그것은 충직한 경호원이 되어 그림자처럼 항시 곁을 따라다녔다. 그 가운데서 여태 악의의 위장에만 밝았을 뿐 선의의 위장에는 지극히 인색했었던 것 같다. 위선의 가면을 쓰고 접근하는 데도 경계를 세우지 않았고, 위악의 몸짓을 취하고 달려드는 일에도 속내를 감출 줄 몰랐다. 세상 사람들로부터 좋은 평판을 듣고 싶어 도덕군자인 양 근엄하게 행동하려 한 적도 부지기수였으며, 본의 아니게 마음에 없는 애정 공세를 받았을 때는 일부러 위악적인 태도로 거부의 울타리를 꽁꽁 둘러친 일도 없지 않았다. 앞엣것의 몸짓을 취했던 데 대해선 심히 부끄럽고, 뒤엣것의 태도를 취했던 데 대해선 오로지 죄스러운 심정뿐이다.

요즈음 나는 이렇게, 지난날의 분별없었던 행실을 많이 뉘우치고 있다. 그러면서 앞으로는 의식적으로라도 선의의 위장 쪽에다 행동의 무게 중심을 두고 세상을 살아가려고 마음속으로 다짐에 다짐을 되풀이한다.

삼무사

한 종편 TV 예능 프로그램이 큰 반향을 남기고서 막을 내렸다. 〈미스트롯〉이라는 이름의 가요경연대회였다.

첫 방송분이 전파를 탔을 때부터 미스트롯은 예사롭지 않은 분위기를 몰고 왔다. 가정마다, 직장마다 남녀노소 가리지 않고 즐겨 대화 소재로 오르내리며 단숨에 안방극장을 사로잡았다. 한 주, 두 주 방영 횟수가 거듭될수록 시청률이 폭발적인 상승 곡선을 그려나간 건 어쩌면 너무도 당연한 추이였는지 모른다. 그렇게 나날이 다달이 인기 가도를 달리더니, 마침내 최종회차에선 무려 20%에 가까운 놀랄 만한 기록으로 정점을 찍고서 종편 예능의 역사를 새로 썼다. 이제껏 만나 보지 못했던 색다른 제목에다 참신하고 특별난 기획이 시청자들을 열광의 도가니에 빠져들게 만든 요인으로 작용했던

게 아닌가 싶다.

주관 방송사로서는 미스트롯의 흥행에 힘입어 광고 수주 건수가 다락같이 치솟아 시쳇말로 대박을 터뜨렸을 것임은 묻지 않아도 그림이다. 순전히 광고 수익으로 꾸려 나가야 하는 것이 민영방송의 생존 환경일 터이고 보면, 미스트롯을 눈여겨 지켜본 다른 방송사들은 군침을 흘렸음에 틀림없다. 〈트로트가 좋다〉〈트롯신이 떴다〉〈불타는 트롯맨〉〈트롯 챔피언〉, 이 같은 표제들로 너도나도 어슷비슷한 프로그램을 다투어 쏟아 내었다. 사촌이 땅을 사면 자연 배가 아프게 마련인 법, 급기야는 공영방송에서까지 〈트롯 전국체전〉이라는 타이틀을 내걸고 뒤늦게 그 대열에 뛰어들었으니 이걸 어떻게 이해하고 받아들여야 할까.

비단 프로그램의 명칭이라든가 포맷 그리고 연출 기법 따위만이 아니다. 거기에 출연하는 가수라는 사람들의 노래 역시도 하나같이 미스트롯의 아류에 지나지 않았다. 이것이 저것 같고 저것이 이것 같은, 그야말로 도토리 키 재기여서 도무지 차별성이라곤 눈 닦고 살펴도 찾아볼 수 없었다. 미스트롯을 기획하고 프로그램을 짜느라 오랜 시간에 걸쳐 머리 싸매었을 제작진의 노고는 나 몰라라 하고, 남이 애써서 차려 놓은 밥상에 달랑 숟가락만 얹은 꼴이지 않은가.

전남 순천의 천년 고찰인 송광사松廣寺는 세상의 하고많은 절집들에서 너무도 흔하게 만날 수 있는 세 가지가 없다. 그 하나는 풍경風磬이고, 다른 하나는 주련柱聯이며, 나머지 하나는 탑이다. 아무리 찬찬히 뜯어보아도 송광사에는 이 세 가지가 눈에 뜨이지 않는다. 송광사가 승보종찰의 대가람이라는 사실은 웬만한 식자층이면 모르는 사람이 없는 일이겠지만, 풍경과 주련 그리고 탑이 없다는 비밀을 아는 이들은 극히 드물 것이리라. 산천경개 빼어난 곳치고 불보살 모시지 않은 데를 찾지 못할 만큼 크고 작은 절집들이 널려 있어도, 유독 송광사에만 항용 불교의 필수적 요소라 여겨지는 그 같은 구성물들이 존재하지 않는다. 절집이라면 으레껏 풍경이며 주련이며 탑이 있어야 한다는 고정 관념을 송광사가 여지없이 깨뜨려 버린 것이다.

　풍경도, 주련도, 탑도 없기에 역설적으로 여타의 절집들과 오히려 차별화가 된다. 남들이 너무도 당연하게 여기어 가지고 있는 것을 일부러 갖지 않았다는 돌올한 존재감, 송광사의 이 점에 나는 그만 매료되고 말았다. 불현듯이, 위인들에게 별호를 지어 생전의 업적을 칭송하듯 송광사에 내 식의 별칭을 붙여 공경 찬탄의 환희심을 표현하고픈 충동이 일었다. 그리하여 몇 날 며칠 궁리 궁리를 거듭한 끝에 '삼무사三無寺'라는, 나름 위엄을 갖춘 절집의 격이 묻어난다 싶은 이름 하나를 얻었다.

"삼무사, 삼무사, 삼무사……" 입 안에 넣고 왕사탕을 굴리듯 마음 안에 품고 되풀이 궁굴려 본다. 없을 '무' 자야말로 불교에서 출가 사문들이 즐겨 화두로 들어 참구參究하는 참으로 크고 무거운 글자 아닌가. 오랜 옛적부터 실체적인 이름은 존재해 왔지만, 여태까지 상징적인 이름은 존재하지 않았던 가람 '삼무사'. 하나의 무 자에 그친 일무一無도 아니고 그 세 곱이나 되는 삼무三無이고 보면, 스스로 생각해도 천년 대가람에 썩 잘 어울림 직한 명칭 같아서 가슴속이 느꺼워져 온다.

송광사가 그저 우연처럼 어떻게 저떻게 하다 보니 풍경과 주련과 탑을 갖추지 않게 된 것이 아니다. 거기에는 아하! 하고 무릎을 칠 만한 연유가 숨어 있다. 먼저 풍경을 달지 않은 것은 고요한 산사에서 울리는 풍경 소리마저 자칫 공부하는 스님들의 수행에 방해가 될까 저어함이었고, 다음으로 주련을 걸지 않은 것은 어설픈 식견으로 혹여라도 천지자연의 숭엄한 질서를 왜곡시킬 수 있음을 경계함이었으며, 마지막으로 탑을 세우지 않은 것은 절집이 자리한 터의 지세가 연화부수형蓮花浮水形이어서 육중한 석탑을 쌓으면 그 무게로 인해 땅이 가라앉게 된다는 풍수지리적인 해석을 따랐기 때문이다.

곰곰 헤아려 보건대, 얼마나 신선한 코페르니쿠스식 발상의 전환인지 모르겠다. 비록 암만 부러움의 대상이 되는 일일지라도 혼이 깃든 남의 노작勞作을 줏대 없이 흉내나 내어서는 빛이 바래게 마련인 것이 세상사 절대 불변의 이치일 터이다.

송광사인들 왜 근사하게 풍경을 달고 주련을 걸며 탑을 세우고 싶지 않았을 것인가. 만일 여느 사찰들처럼 그저 생각 없이 그리 좋아서 따라만 했더라면, 우리 사는 세상 골 곳에 흩어져 있는 그만그만한 절집들 가운데 하나로 치부되었을는지도 모른다. 어느 선지식의 머리에서 나온 혜안이려나. 송광사는 내게 남의 것이 아무리 근사해 보여도 절대 무조건적으로 추종하는 어쭙잖은 짓은 하지 말라는 엄숙한 가르침을 삼무로써 새삼 말없이 일깨워 주고 있다.

언젠가 내 이승과의 인연을 마무르고 영원한 안식에 드는 날, 후세 사람들에게 무슨 세 가지를 갖지 않은 '삼무인三無人'으로 기억될꼬.

3부

팔방미인과
반풍수

짧은 글 긴 생각 1

부끄러움

갈참나무가 빼곡히 들어찬 숲에 들었다. 타박거리던 걸음을 멈추고 너럭바위에 앉아 숨을 고른다.

이마에 흐르는 땀을 식히면서 가만히 귀를 모은다. 발밑에서 나무들끼리 도란도란 속살거리는 소리가 들려온다. 나무의 가족은 아옹다옹하는 다툼이 없어 참 정겨워 보인다. 저잣거리에서 어지럽혀진 귀가 말끔히 씻겨 내려가는 것만 같다. 아! 세상의 모든 사람의 가족이 여기 이 나무의 가족 같을 수만 있다면…….

나무의 가족과 마주할 때면 가끔씩 내가 사람이라는 사실이 부끄러워지곤 한다.

인생

우리 삶 가운데서 열에 여덟아홉은 아픔이며 시련이며 고단함의 연속이다. 그러다 장마철 먹장구름을 헤치고 이따금 파란 하늘이 드러나듯 언뜻언뜻 만나게 되는 것이 샘물 같은 한순간의 행복이 아닐까. 이 짜릿한 감격을 위하여 우리는 차디찬 시절들을 묵묵히 견뎌 내어야만 한다.

어느 작가는 인생을 일러 기쁨과 슬픔이 날과 씨가 되어 짜가는 한 폭의 비단 같은 것이라고 했지만, 그러한 인생이야 같은 비단이라도 필시 화사한 비단일 터. 고만고만한 대다수의 경우는 슬픔의 눈물 무늬가 훨씬 더 반짝이며 어룽거리는 그런 비단이지 싶다.

일 년 삼백예순날이 노상 잘 깔린 포장도로처럼 매끈하기만 한 인생이 있다면 그 사람의 삶은 얼마나 싱겁고 권태스러울 것인가. 그는 그 때문에 도리어 미칠 지경이 될는지 알 수 없다. 아무리 감미로운 꽃노래라도 두서너 번이지 자꾸 되풀이 듣게 되면 끝내는 귀가 송신해지는 법, 극락이 좋다고 하여 화사한 꽃만 지천으로 깔려 있다면 우리의 눈은 그 현란함에 외려 질식해 버릴지 모를 일이다.

영원한 형벌처럼 굴려 올리고 굴려 올려야 하는 시시포스의 바위가 있기에 희망의 *끄*나풀을 놓치지 않고 살아갈 의욕

을 불태울 수 있다고 한다면 나만의 억설臆說일까. 사람살이에
서, 부족함과 아쉬움, 그리고 그로 인한 목마름으로 하여 역
설적이게도 건강한 정신을 말할 수 있으리라.

이것이 우리네 인생인 것인 것을…….

짧은 글 긴 생각 2

고질병

무슨 일이든 시작하면 마치고 싶고, 마치면 또 시작하고 싶어지는 것이 사람의 진득하지 못한 마음인가 보다. 집 안에 틀어박혀 있으면 좀이 쑤셔서 어디론가 훌쩍 떠나고 싶고 막상 떠나 있어 보면 이내 집이 그리워짐도, 누군가를 만나면 금세 헤어지고 싶고 헤어지면 곧바로 다시 만나고 싶어짐도, 그렇다면 혹여 이 같은 인간 존재의 타고난 속성 때문이려나. 아니, 이건 어쩌면 쉽사리 고치기 힘든 고질병일지도 모르겠다.

그 언제쯤에나 죽 끓듯 하는 이 변덕으로부터 놓여날 수 있을는지…….

과유불급

어쭙잖게 뭔 고상을 떤다고 뉴스 말고는 의식적으로 외면해 오던 텔레비전을 우연히, 정말 우연히 보게 되었다. 어느 다큐멘터리 프로였다.

지독히도 수전노인 한 중년 사내를 못 견뎌 하는 아내의 마음고생을 전하고 있었다. 남편은 온갖 자질구레한 가정사에 좁쌀영감처럼 시시콜콜 간섭을 하려 들었다. 휴지를 왜 세 칸씩이나 떼어 쓰느냐는 둥, 반찬을 뭘 하러 두 가지 이상 만들었느냐는 둥. 심지어 콩나물 한 모숨 사는 일까지도……

그러던 남편이, 어느 날 느닷없이 외식을 하러 가자며 깃대를 든다.

"우리, 오늘 점심은 밖에 나가서 먹도록 할까?"

가족들을 어리둥절하게 만든 파격적인 제안이었다.

"원, 세상에! 살다 살다 이런 날도 다 보네."

한껏 흥분된 마음으로 따라나선 가족들은, 그러나 자존심에 돌이킬 수 없는 깊은 상처를 입고 만다. 그가 외식 장소라며 이끈 곳은, 천만뜻밖에도 삶에 지쳐 고개 숙인 사람들이 열 지어 늘어선 무료 급식소였던 게다.

아! 참으로 해도 해도 너무했다 싶은 지독한 자린고비. 천하에 둘도 없을 구두쇠인 놀부를 붙들어다 놓고 견주어 본다

면 무게 중심이 과연 어느 쪽으로 기울까. 그래도 분별없이
헤픈 하루살이 인생보다는 차라리 나을는지…….

　과유불급過猶不及, 이 만고불변의 진리를 다시금 가슴에 새
긴다.

짧은 글 긴 생각 3

간곡한 당부

멋들어지게 새로 지은 한 주말주택에 큰처남과 함께 초대를 받았다. 큰처남의 죽마고우가 주인장으로 있는 별서_{別墅}이다. 으리으리한 규모의 집채는 말할 나위도 없거니와, 잘 가꾸어진 정원의 나무며 돌들이 쉽사리 범접을 허락지 않을 듯싶은 자태를 뽐내고 있었다.

주인은 앞마당 둘레로 우리를 안내하면서 꽤 나이가 들어 보이는 소나무와 주목이 한 그루에 몇천만 원씩, 심지어 둥글넓적한 돌덩이 하나가 최소한 사오백만 원은 호가한다고 걸걸한 목소리로 주워섬겼다. 그러면서 그렇게 치장하는 데 들어간 돈만도 자그마치 십 억대가 훨씬 넘는다며 푸념인지 자랑인지를 침이 마르도록 늘어놓는다.

둘러보는 곳곳마다, 메떨어지게도 나의 입에서는 연해연방 "우와!" "우와!" 감탄사가 튀어나왔다.

짧은 만남을 뒤로하고 돌아서면서 던지는 처남의 한마디가 묘한 뉘앙스를 풍기며 허공으로 흩어진다.

"친구야, 어쨌든지 오래 살거래이~. 어쨌든지 오래 살거래이~."

차를 부리면서 나는, 몇 번씩이나 거듭되던 그 간곡한 당부의 말에 담긴 속뜻이 무엇일까 내내 씹고 또 곱씹었다.

업

어느 일간신문의 박스기사는 전한다, 한 국립공원관리공단 관계자의 간곡한 호소를.

"깊은 산속에서 시도 때도 없이 질러대는 등산객의 고함소리에 여리디여린 심성의 야생동물들이 생존을 위협받고 있습니다. 제발 그 '야호' 소리 좀 그만하였으면 좋겠어요."

불가佛家에서는 비둘기에게 모이를 뿌려 주어 본의 아니게 다툼이 생기게끔 만드는 것도 하나의 업業을 짓는 일이라고 가르친다. 그 가르침에 기댄다면, 생각 없이 내지른 고함소리로 산짐승들의 마음을 불안케 하여 그들의 가슴에 상처를 입히는 행위도 필시 크나큰 업이 되리라. 업이란 스스로 깨닫지 못하는 가운데서도 얼마든지 지을 수 있는 응보인 것을…….
우리들 인간이 자연한테 얼마나 악성종양과도 같은 존재라는 소리를 들을 법한 일인가.

어쩌다 이러한 소식을 접할 적마다 자꾸만 목젖이 따끔거린다.

짧은 글 긴 생각 4

우문현답

"부처님, 깊은 밤 도무지 잠을 이룰 수 없어 괴로울 적에는 어떻게 해야 하옵니까?"

"답답하고 미련스러운 중생아, 머지않아 영원한 잠에 들게 될 것이거늘 미리부터 무슨 걱정이 그리도 많더란 말이냐."

어리석은 질문에 명쾌한 대답이 떨어지는 순간, 긴긴 나날을 고통 속에서 찾아 헤맨 숙제가 비로소 풀리는 듯싶어 뒤죽박죽이던 머릿속이 씻은 듯이 맑아 온다.

아! 이 지극히 간명하면서도 절대 불변하는 진리를 왜 진즉에 깨닫지 못했을까.

무설설법

대구의 남쪽 대덕산을 오르다 보면, 기슭에서 보문사라는 이름의 숨은 절집을 만날 수 있습니다. 저 멀리로 시가지를 굽어보며 자리를 틀고 앉은 아담한 가람입니다. 이 절집에는 나이를 일백 살은 족히 먹었음 직해 보이는 아름드리 백목련 나무 한 그루가 마당 한복판을 차지하고서 위풍당당한 자태를 자랑합니다.

길고 긴 겨울잠에서 깨어난 나무에 시나브로 물이 오르고 꽃송이들이 다투어 망울을 터트리기 시작하는 시절이 오면, 온통 가지를 뒤덮는 쇠백로 떼로 일대 장관이 펼쳐집니다. 어림셈으로도 수천 마리는 넉넉할 것 같습니다. 대체 어디서 이렇게나 많은 쇠백로가 한꺼번에 날아든 것일까요.

처음 짐작으로는 봄날의 나른함에 취해 꼬박꼬박 졸음을 쏟아내고 있는가 싶었습니다. 미세한 움직임조차 감지되지 않는 품이 마치 한 장의 흑백사진 속 풍경 같이만 여겨졌기 때문입니다.

나중에야 깨닫고 보니 그게 아니었습니다. 일제히 귀를 모으고서 반쯤 열려진 대웅전 앞문을 타고 흐르는 부처님의 무설설법無說說法에 방그레 미소 짓고 있었던 것입니다. 이 봄날이 소리 없이 떠나고 나면 쇠백로들은 또 얼마나 통통하게 영혼의 속살이 올라 있을는지요.

그윽이 쇠백로 떼를 바라다보면서, 나도 저들 속에 한 마리
의 쇠백로가 되었으면 하는 염念을 갖습니다.

말

　세상을 살아가다 보노라니 말 때문에 오해를 사는 수가 있다. 좋은 뜻으로 한 말이 본의 아니게 나쁜 뜻으로 잘못 받아들여져서 서로 간에 마음을 다치게 되는 일도 생겨나곤 한다. 이럴 때, 말이란 것이 함부로 휘둘러서는 아니 되는 양날의 칼 같은 무기라는 사실을 절실히 느끼게 된다. 똑같은 상황에서 똑같이 한 말임에도 어떤 사람은 선의로 해석하는가 하면 어떤 사람은 악의로 해석하기도 하니 딱할 노릇이다. 심지어 같은 사람 사이라 할지라도, 말을 하는 쪽이나 듣는 쪽이나 그때그때의 기분이나 감정 상태에 따라서 달라지는 수도 허다하다. 이런 경우엔 참 난감하기가 이를 데 없다.

　속담에서도 비슷한 예를 심심찮게 본다. "말 한마디에 천냥 빚도 갚는다"라거나 "고기는 씹어야 맛이고 말은 해야 맛이다" 하는 속담들은 말의 긍정적인 측면을 보여주고 있는 관용어이다. 그에 반해 "말 많은 집은 장맛도 쓰다" 혹은 "곰은 쓸개 때문에 죽고 사람은 혀 때문에 죽는다" 같은 속담들은 말의 부정적인 속성을 경계하고 있는 금언 아닌가. 이것은 속담이 절대 불변의 진리가 아니라 어디까지나 상황 논리에 지나지 않는 관습적인 표현일 뿐이라는 확실한 방증이 된다.

하지만 어떠한 경우에라도 삼가서 해야 하는 것이 또한 이 말이 아닐까 한다. "낮말은 새가 듣고 밤말은 쥐가 듣는다"라거나 "가루는 치면 칠수록 고와지고 말은 하면 할수록 거칠어진다"라고 했다. 그만큼 조심히 다루어야만 하는 도구가 말이라는 소통 수단이다.

말하기 좋다 하고 남의 말을 말을 것이
남의 말 내 하면 남도 내 말 하는 것이
말로써 말이 많으니 말 말을까 하노라.

우리 옛시조에서도 말의 위험성을 경계하여 이렇게 읊고 있는 것이리라. 작자가 누구인지, 언제 지어졌는지 알려지지 않은 이 시조를 쓴 이의 생각이 어쩌면 속담에서보다 오히려 영원한 진리일 수도 있겠거니 싶다.

같은 물일지라도 젖소가 마시면 우유를 만들어 내지만 뱀이 마시면 독을 뿜어낸다고 『화엄경』은 설하여 놓았다. 이를테면, 투입 조건은 똑같더라도 산출 결과는 극과 극으로 달라질 수 있다는 이야기다.

우리가 평소 삶을 영위해 가면서 별 의식 없이 주고받게 되는 말의 경우에서도 마찬가지 아닐까. 한편으로는 칼처럼 요긴하지만, 다른 한편으로는 칼같이 위험한 것이 말이라는 무형의 에너지이다.

그렇다고 해서 묵언 정진으로 진리를 깨치려는 수행자가 아닌 이상 사람이 아예 말을 하지 않고 살 수는 없는 노릇 아닌가. 그만큼 우리 일상생활에 필수 불가결한 것이 또한 이 말이라는 생각이 든다. 그러니, 말은 해서 얻는 이득보다 하지 않아서 잃는 손해가 크지 않다면 비상砒霜처럼 신중히 아껴 쓰는 지혜가 필요할 것 같다.

몇 해 전, 무릎에 탈이 나서 찾았던 어느 병원의 접수대 옆 게시판에는 다음과 같은 글귀가 붙어 있었다.

"개에 물린 사람은 반나절 만에 치료받고 돌아갔고, 뱀에 물린 사람은 사흘 만에 치료를 끝내고 돌아갔다. 그러나 말言에 물린 사람은 아직도 입원 중이다."

아! 무릎을 치게 만드는 이 촌철살인의 경구라니…….

무릇 그 무엇이든 소중한 것일수록 함부로 다루어서는 아니 되리라. 이것이 세상사의 엄숙한 이치 가운데 하나임을, 말을 통해서 새삼 가르침 받는다.

환부작신

낯익은 주소지로부터 택배 상자 하나가 부쳐져 왔다. 늦서리 내리는 시절이 되면 어김없이 도착하는 선물이다. 해마다 받다 보니, 가을이 무르익어 갈 무렵이면 염치없게도 이제 은근히 기다려지기까지 한다.

접착테이프로 단단히 묶여 있는 상자를 열었다. 언제나처럼 장모님의 사위 사랑이 듬뿍 묻어나는 흠다리 사과가 하나 가득 담겼다. 여든을 훌쩍 넘긴 고령이어서 당신 한 몸 건사하기도 힘에 부치실 판이니, 인물 좋은 사과야 언감생심 아니랴. 비록 흠다리에 불과할망정 그 신경 써 주심이 여간 고맙지 않다. 그래서 반갑게 받기는 하지만, 가만히 앉아서 그러고만 있으려니 마음은 영 편치가 못하다.

사과 상자가 도착하면 서둘러 손을 쓰지 않으면 아니 되는 일이 있다. 흠집 나서 썩은 부위를 도려내는 작업이다. '설마 며칠쯤은 괜찮겠지' 설마가 사람 잡는다고, 이런 안일한 마음으로 게으름을 피우며 늑장을 부리다가는 어느새 한 곳도 성한 데가 없을 만큼 폭삭 물러버리고 만다. 물건값이야 전부 다 쳐 본들 고작 몇 푼이나 될까마는, 그래도 망백을 바라보는 노구를 이끌고 하나씩 하나씩 따 모아서 포장하고 부쳐주신 수고로움을 생각하면 얼마나 면목 없는 노릇이겠는가.

　이따금 오래된 마을을 지나다 보면 고장의 지킴이로 귀한 대접을 받는 보호수를 만나곤 한다. 표지판에 적힌 기록으로는 대다수가 수령이 삼사백 년 이상씩은 너끈히 된 고목이다. 이 나무들은 먼발치에서 바라다보면 우람한 자태를 뽐내지만, 가까이 다가가서 살피면 하나같이 노환으로 육신의 고통을 겪고 있는 흔적이 역력하다. 사람만 나이 들었을 때 몸에 병이 생기는 게 아니고 나무도 연륜이 깊어지면 신체에 병이 찾아오는 것은 정한 이치일 터이다.

　썩어가는 줄기에다 외과수술을 한 뒤 시멘트나 석고 같은 접합제를 덕지덕지 발라 놓았다. 미관상으로는 조금 볼썽사나워 보여도, 그렇게 하지 않고서는 성한 부위를 살려내지 못한다. 그러니 어쩔 수 없이 궁여지책으로 쓴 방편이 아니었을까 싶기도 하다.

경기도 광릉수목원에 가면 광릉시험림이라 불리는 참 아름다운 숲을 만날 수 있다. 조선 세조의 능림陵林으로 설정된 뒤 오백여 년이라는 기나긴 세월 동안 잘 보존되어 온 빼어난 천연생림이다. 이 숲 코앞에까지 재선충이 번져 그 주변의 아름드리 잣나무 수천 그루를 베어내야 한다는 우울한 소식이 들린다. 애써 심고 공들여 가꾼 나무들을 한꺼번에 잃게 되었다니, '그 아까운 것을……' 싶은 생각에 마음이 허전하다. 거기까지 오는 데 얼마나 많은 세월이 필요했고 또 얼마나 숨은 노력이 들었을까.

하지만 무엇이든 아끼는 것이 미덕이라는 논리는 여기서만은 통하지 않는다. '대충대충'이라는 말도 이 경우에는 매우 위험천만한 발상이다. 인정사정 봐주는 선심은, 얼핏 매몰찬 것 같지만 눈 질끈 감고 깨끗이 버려야 한다. 풀을 베듯이 싹둑 잘라내는 것 말고는 별 뾰족한 방책이 없다. 이것을, 조금 있어 보이는 말로 삼제芟除한다는 표현을 쓴다. 이때는 읍참마속泣斬馬謖의 심경으로, 눈물을 머금고 결행하는 과단성이 오히려 미덕이 된다.

이런 장면은 비단 나무에서만 발견되는 것이 아니다. 한번 조류독감이 휩쓸기 시작하면 반경 수 킬로미터 내에 흩어져 있는 모든 닭이며 오리 같은 가금류는 예비 살처분이라는 명목으로 애꿎게 집단 매장되는 슬픈 운명을 맞는다. 대大를 위해서 소小를 희생시켜야 하는 그 참혹한 떼죽음의 현장을 지켜보노라면 기분이 착잡해진다. 저들에게 대체 무슨 죄가 있기에……. 연유도 모른 채 생목숨을 바쳐야 하는 그들의 최후를 떠올리노라니 애처로운 심사로 가슴이 아리어 온다. 설사 그렇다고 해도 어설픈 감상感傷 따위를 앞세우는 건 절대 금물이다. 인간적인 정리에 이끌리다 보면 대세를 그르쳐 엄청난 재앙으로 이어지기가 십상인 까닭이다.

암 환자의 경우 조기 발견 여부가 생사를 가르는 갈림길이 된다. 몹쓸 병인 줄 모르고 태무심하게 지내다 빠르게 암 덩어리가 커지고, 급기야 다른 부위로 전이되는 날이면 마침내 손을 쓸 수 없는 지경에 이르고 만다. 용케 초기 상태로 발견이 되었을 때는 그 즉시 아직 암세포가 뻗치지 않은 부위일지라도 과감히 잘라내어야 한다. 이만하면 되었겠지, 하며 마음을 놓았다가는 자칫 생명마저 담보하지 못하는 상황으로까지 치달을 수 있다.

지난날 고향마을에 한쪽 다리가 없는 상이용사가 살았다. 6·25전쟁 때 입은 총상 후유증으로 그의 다리는 탄환 파편이 박혔던 종아리 부위가 썩어들어갔다. 다리를 조금이라도 더 살리고 싶은 마음에 그때마다 임시방편으로 썩은 부위만을 잘라냈다. 그러다 보니 그 위쪽 부위가 다시 썩었고, 잘라내고 나면 또 그 위쪽 부위가 썩어들어갔다. 그로 인해 마침내 다리 전체를 잃는 불행한 운명을 맞게 된 것이다.

환부患部는 환부작신換腐作新의 마음으로, 아끼지 말고 과감히 제거해 버리는 것이 상책이다. 그럴 때 새살이 돋는다. 어설프게 인정을 베푼다거나 아랫돌 빼서 윗돌 괴기식 처방으로 시간을 허비하다가는 환부가 깊어져서 끝내는 돌이킬 수 없는 결과를 불러오고 만다.

우리 몸의 환부는 어쩌면 사과의 썩은 부분 같은 것이 아닐까. 썩은 부분을 도려내어야 성한 부분을 살릴 수 있듯, 병든 부위를 제거해야 남은 부위를 지켜낼 수 있는 법이다.

어찌타 육신뿐이랴. 탐욕은 마음의 환부다. 썩어가는 마음의 환부를 도려내지 아니하면 영혼이 시나브로 망가져 버린다. 탐욕의 근원을 싹둑 잘라서 수장시킨 다음에야 비로소 흐린 마음은 맑아지고, 그리하여 환하게 열린 세상이 눈에 들어올 것이리라.

알기는 손바닥을 뒤집는 일처럼 쉽지만, 행동으로 옮기기는 태산을 드는 일보다 어려운 것이 사람살이인가 보다. 이러한 세상사의 이치를 머리로는 번연히 깨치고 있으면서도, 부질없는 탐착심에 꺼둘리어 여태껏 마음의 환부를 조금치도 도려내지 못하고 어영부영 세월만 축내어 왔으니……. 대체 앞으로 얼마나 더 황금 같은 시간을 허송한 뒤에라야 이 뒤룩 뒤룩한 욕망의 비곗덩어리를 눈곱만큼씩이나마 깎아 나갈 수 있으려나. 지금 발 앞에 놓인 사과 상자가 그 답의 실마리를 던져 준다.

팔방미인과 반풍수

해가 설핏해져 간다. 퇴근을 위해 뒷정리를 서두른다. 널브러진 종이쪽은 쓸어 모아 휴지통에 담고, 흩어진 필기구들은 주섬주섬 챙겨 서랍에 넣었다. "보람찬 하루 일을 끝마치고서……" 혼잣소리처럼 군가 한 소절을 콧노래로 흥얼거리며 자리에서 일어선다.

바로 그때였다. 사무실의 책임자가 가만히 다가와서는 은근슬쩍 마음을 띄운다. 오늘 저녁이 손풍금 연습하는 날인데, 자기와 함께 한번 배우러 가볼 생각이 없느냐는 것이다. 날이면 날마다 다람쥐 쳇바퀴 돌듯 되풀이되는 일상에서, 생활의 활력소도 얻고 같은 취미를 가진 이들끼리 서로 어울리기에도 좋고 하다며 손풍금 예찬론을 펼친다. 그분은 벌써 몇 해 전부터 취미를 들여 부지런히 다니다 보니, 어언간 대중 앞에 나서서 연주를 할 수 있을 만큼 꽤 실력이 늘었다.

이번으로 처음이 아니다. 그전부터 이미 여러 차례 들어온 소리다. 그럴 적마다 너무 밋밋하고 재미없어 보이게 살아가는 나를 배려하여 건네는 권유임을 눈짐작으로 익히 헤아리고 있기에 여간 고맙지가 않다. 늦었지만 오늘부터라도 한번 시도를 해볼까? 거듭되는 부추김에 일순 마음이 흔들린다. 그렇지만 그때뿐, 다시 생각을 접고 만다. 지금, 나름대로는 온전히 생을 걸어 둔 채 매달리고 있는 글쓰기가 그로 인해 집중력을 잃고 흐트러질까 봐 저어되어서이다.

뭔가 하고 싶고 이루고 싶은 이런저런 욕망으로 늘 허기를 느낀다. 악기 한 가지를 배워 단조로운 산골 생활의 벗으로 삼고도 싶고, 붓글씨를 익혀 가끔씩 묵향에 흠뻑 젖어 들고 싶기도 하다. 골프에 취미를 붙여 탁 트인 초원 위에서 시원스럽게 드라이버 샷을 날려 보고픈 마음도 굴뚝같다. 이 부글거리는 심사를 눌러 앉히려고 무던히 애를 쓴다.

하지만 아무리 결심을 다잡고 다잡아도 어디까지나 임시방편에 지나지 않는다. 한동안 평정을 되찾았다가도 무슨 계기만 주어졌다 하면 수면 아래 잠재워져 있던 욕구가 또다시 불같이 타오른다. 그러다 보니, 하고 싶어서 좀이 쑤시는 마음과 하지 말라며 주저앉히는 마음 사이의 다툼으로 머릿속이

결결이 혼란스러워지곤 한다.

평소 알고 지내는 H는 참으로 다재다능한 사람이다. 악기 다루는 데 남다른 소질이 있고, 거기다 노래까지 가수 저리 가랄 만큼 잘 부른다. 그림에도 조예가 깊은가 하면 붓글씨 또한 수준급이다. 어쩌다 그가 무슨 기념식장이나 송년 모임 같은 자리에서 멋들어진 연주 솜씨를 뽐낼 때면 나는 선망의 눈빛으로 넋을 놓고 바라다보곤 한다. 그런 날이면, '나도 진즉에 좀 배워 둘걸……' 하는 후회감이 밀려와 또 한 차례 몸살을 앓는다.

정적인 분야뿐이 아니다. 운동 같은 동적인 방면에도 그는 남다른 재주꾼이다. 운동이라는 운동은 호불호好不好를 가리지 않는다. 축구며 농구, 야구 같은 구기 종목은 말할 것도 없고, 사이클에다 마라톤, 골프, 승마까지 넘나든다. 그야말로 만능 스포츠맨이다.

악기만 해도 그렇다. 한두 가지만 할 줄 아는 게 아니다. 실로 다루지 못하는 악기가 없다 싶을 정도다. 피아노와 기타는 기본이고, 색소폰 불며 손풍금 타는 모습도 멋들어지다. 거기에다가 그 어렵고 힘들다는 드럼까지 친다. 그래서 곧잘 팔방미인 소리를 듣는다.

이처럼 대단한 재주꾼으로 통하면서도, 그러나 전문성을

따지고 들면 이야기는 백팔십도로 달라져 버린다. 어느 한 가지도 일가_家를 이룬 것이 없다. 그런 자신의 한계를 스스로 알고 있기 때문일까, 여러 사람 앞에서 악기를 연주하거나 노래를 부를 때면 미리부터 방패막이를 세운다.

"저는 전문가가 못 됩니다. 그러니 그 점을 감안하고 감상해 주시기 바랍니다."

이것이 어디 H뿐이겠는가. 모르긴 몰라도 팔방미인 소리를 듣는 이들이라면 하나같이 H 같지 않을까.

팔방미인과 반풍수, 둘은 서로 극과 극의 대칭점에 놓여 있는 단어들이다. 하나는 찬사의 말이며 하나는 모욕의 말이기 때문이다. 여기서 팔방미인이라는 찬사의 말과 반풍수라는 모욕의 말이 서로 동의어 관계로 엮일 수 있다는 사실이 참 기막히게 아이로니컬하다. 극과 극은 서로 통한다는 이야기가 이런 상황에도 딱 그대로 들어맞을 성싶다. 나의 이 같은 논리에 누구도 쌍심지를 켜고서 대들 생각을 갖진 못하리라. H의 경우야말로 팔방미인이 반풍수와 정서상 동의어임을 말해 주는 뚜렷한 예증이 아닐까.

사람들은 흔히 여러 방면에 두루 능한 이를 두고 '팔방미인'이라 부른다. 하지만 이것저것 다 잘한다는 말은, 바꾸어 표현하면 어느 하나도 제대로 하는 것이 없다는 뜻과도 통하지 않는가. 우물을 파도 한 우물을 파라고 했다. 제아무리 뛰어난 재주를 지닌 사람이라 할지라도 모든 분야에서 출중한 능력을 발휘하는 건 아예 불가능한 일일 터이다.

그런 까닭으로 하여 팔방미인은 어떤 방면에서든 반풍수가 될 수밖에 없다. 겉으로는 두루두루 잘하는 것처럼 보일지 몰라도, 조금만 깊이 파고 들어가면 금방 바닥이 드러나고 만다. 이것이 팔방미인이라고 불리는 사람들의 한계라면 한계다. 그들은 어떤 분야에서건 시쳇말로 딱 '2퍼센트'가 부족한 사람들이다. 이 2퍼센트가 들어서 당락을 가른다. 따지고 보면 결국 2퍼센트의 대수롭잖아 보이는 차이가 백 퍼센트의 결정적인 차이로 나타나는 셈이다. 이를테면 풍수지리상 고작 반 뼘의 어긋남으로 인해 길지吉地에서 흉지凶地로 뒤바뀌어 버리는 상황과 똑같은 이치라고나 할까.

불광불급不狂不及이라고 했다. 미치지 않고서는 경지에 이를 수 없다는 의미가 아닌가. 여기서 이 미친다는 말도 또 그렇다. 사람이 아무리 미치더라도 모든 분야에 다 미칠 수는 없는 노릇이다. 무엇이 되었든 한 가지에라도 제대로 미쳐야 한다. 그래야만이 일가一家를 이룰 수 있는 게다.

달인은 아무나 되는 것이 아니다. 오랜 세월 동안 우직스러울 만큼 한 우물을 파면서 흘린 땀의 결과물이다. 이것저것

다방면에 손을 대어 온 사람이 어느 한 분야에 모든 것을 쏟아부은 사람을 당해낼 재간은 애당초 없을 터이다. 반풍수가 집안 망친다는 속담은, 어쩌면 이 팔방미인을 두고 하는 이야기일 수도 있지 않을까.

그분이 또다시 손풍금 배우러 가자며 종용해 올는지 모르겠다. 만일 그렇더라도, 이제 더 이상은 조금치의 흔들림조차 보이지 아니하도록 마음의 맷집을 단단히 키워야겠다. 달인까지는 감히 생각조차 못 낼 깜냥이지만, 그래도 독자들 앞에 스스로 부끄럽지 않은 작가가 되기 위해 오로지 지금 가고 있는 수필 쓰기의 외길만을 묵묵히 걸어가리라는 각오를 다진다.

활짝 열어 둔 창으로 산들바람이 기분 좋게 불어온다. 복잡하던 머리가 어느새 말끔히 비워진 느낌이다. 어쩌면 이번 가을에는 나대로의 결실로 독자들의 가슴속에 오래오래 남을 근사한 작품 한 편 빚어낼 수 있으려나.

오늘은 여느 날보다 퇴근길의 발걸음이 한결 가벼울 것 같다.

지금 이 순간을

　꽁꽁 묶인 상자들을 풀어헤친다. 차곡차곡 갈무리된 물건들을 차례차례 들추어낸다. 묵은 책자에서부터 오래된 달력이며 행사 팸플릿이며 수첩, 연하장, 편지지, 컴퓨터 디스켓, 열쇠 꾸러미에 이르기까지 상자마다 온갖 잡동사니가 우르르 쏟아져 나온다.

　그 사이에서 낯익은 소장품 하나가 손에 잡혔다. 거죽은 누렇게 색이 바래었고 모서리 쪽은 해져서 너덜너덜하다. 습기로 곰팡이가 슬었던지 군데군데 얼룩이 져 있다.

　사진첩이었다. 도회지에서 지낼 때, 도무지 정을 못 붙이고 부평초처럼 여기저기로 삶터를 옮겨 다니느라 라면상자 안에 깊숙이 잠들어 있다 보니 그동안 눈에 띄질 않았었다. 그러기를 수십 년, 고향에다 뼈를 묻을 각오로 새 보금자리를 마련하여 삶터를 옮길 때 이삿짐을 부리는 과정에서 비로소 햇빛을 보게 된 것이다.

설레는 마음으로 한 페이지 한 페이지 찬찬히 넘겨 본다. 큰아이의 유치원 재롱잔치 때 찍은 사진이 하나 가득 담겼다. 빛바랜 사진들이 아득히 떠내려가 버린 한때의 영상을 소환해 준다.

한 장의 사진에 유독 오래 눈길이 머문다. 아내가 아이의 볼에다 입맞춤을 하는 장면이 순간 포착으로 찍혀 있다. 뾰족이 내민 제 엄마의 입술이 뺨에 닿으니 아이의 얼굴에서 발그레 홍조가 피어난다. 모자의 모습이 무척이나 살가우면서 정겨워 보인다. 아이는 햇병아리처럼 샛노란 체육복을 입었다. 아내는 잠자리 날개 같은 연분홍 깨끼 한복 차림이다. 여섯 살 아이의 머리에는 고깔이 씌워졌고, 서른 중반의 아내는 올림머리를 틀었다.

아! 우리에게도 언제 저런 시절이 있었던가. 마음은 어느새 서른 해 전의 기억 속으로 빨려 들어간다. 다시는 되돌리지 못할 날들의 정경이 영사기 돌아가듯 망막에 주르륵 펼쳐진다. 갑자기 주책없이 눈가에 촉촉이 이슬이 맺힌다.

사람은 젊어서는 꿈을 먹고 살고 나이가 들면 추억을 먹고 산다고 했던가. 환갑 진갑 다 지나 생의 저물녘으로 향하는 길목에 들어선 탓이리라. 요즈음 들어 꿈을 꾸는 시간보다는 추억을 더듬는 시간이 부쩍 잦아졌다. 벌써 과거의 일들을 되새김질하는 나이가 되었음을 생각하니, 지난 세월에의 회한이 밀려온다.

"지금 알고 있는 것을 그때도 알았더라면⋯⋯" 킴벌리 커버거가 읊은 시 구절이 가슴속에 잔잔한 파문을 일으킨다. 지금 알고 있는 것을 그때도 알았더라면, 삶의 자국 자국들이 지금보다는 얼마나 반듯하고 얼마나 옹골졌으려나.

가만히 눈을 감고서, 젊었던 시절을 하늘 도화지에다 그려본다. 지금은 알고 있는 알량한 식견이나마 그때는 아예 돌아나질 못하다 보니, 애써 복기하고 싶지 않을 만큼 온통 실수 투성이였던 것만 같다. 어쩌면 그리도 천방지축 분별없이 흘려버린 나날들이었는지 모르겠다. 삶에의 깨달음이란 이렇게 늘 지각생으로 찾아온다는 것이 문제라면 문제인가. 만일 시간을 되돌릴 신통력만 지녔다면, 그때 그 시절로 돌아가 진정 제대로 된 젊은 날을 새로 한번 살뜰히 가꾸어 볼 수 있으련만⋯⋯.

이런 부질없는 생각이 스치고 지나간다. 연습이 없는 것이 인생이고 보니, 치기와 무지로 인해 얼룩진 지난날의 서툴렀던 행실에 대한 자괴감으로 마음 자락이 헛헛하다. 후회 없을 생이 어디 있으랴. 후회는 살아 숨 쉬는 존재라면 그 누구라도 피하지 못할 필연인 것인 것을.

언감생심 세월의 시계는 되감을 수가 없는 법. 때늦은 뉘우침으로 백번 천번 되풀이 반성문을 쓴다 한들 이제 와서 그게 다 무슨 소용이 있단 말인가. "지금 이 순간에 충실하라" 호라티우스의 송가 카르페 디엠으로 스스로를 역성들면서 위안을 얻는다. 그래 맞아, 이미 과거로 흘러가 버린 날들에 발목 잡혀 연연해하기보다는 지금 이 순간을 알뜰하고 진중하게 살아가는 것이 보다 지혜로우면서 가치 있는 여년餘年이 되리라.

이렇게 마음 정리를 하고 다시 사진들을 찬찬히 들여다본다. 어느새 가슴 언저리가 촉촉이 젖어 온다.

두 정원 이야기

　소나무들이 철삿줄로 꽁꽁 묶여 있다. 주리가 틀리는 형벌을 받는 형상을 한 나무도 있다. 개중에는 머리카락이 쥐어뜯기는 고문이라도 당한 것처럼 바늘잎이 몽땅 빠진 뒤 새로 돋아나는 그루도 눈에 뜨인다. 제발 자기를 좀 풀어 달라고 애원하는 소나무들의 소리 없는 하소연이 허공에 맴돈다. 그 모습이 안쓰럽다 못해 측은하게 여겨지기까지 한다.

　두어 해 전에 새로 지은 읍내 변두리 한 저택의 풍경이다. 육신이 괴롭힘 받고 있는 그 집 정원의 소나무를 바라보고 있으려니 온몸을 한껏 뜯어고친 성형미인이 연상되어 온다. 내심 눈길은 끌리면서도 자꾸만 이맛살이 찌푸려진다. 얼마나 번드레하게 치장을 해 놓았는지 어림짐작으로도 쏟아부었을 돈이 가량이 된다. 그루당 줄잡아 몇천만 원씩은 너끈히 호가

할 성싶다. 구불구불 비틀어진 형상일수록 오히려 금전적인 가치를 높이 쳐주다 보니, 인간의 일그러진 욕망에 의해 성장이 저지당한 나무는 억울하게 육신의 장애를 안고 살아가야 하는 신세가 되고 말았다. 자연 그대로의 순수한 맛을 잃은 작위적인 아름다움, 이러한 표현이 거기에 딱 어울리는 말일 것 같다.

여인이 적당히 하는 몸치장은 여성스러움을 한결 돋보이게 만든다. 자기 관리에 무신경한 것은 오히려 예의가 아니라는 말도 있지 않던가. 하지만 무엇이든 넘치면 모자람만 못한 법, 지나치게 짙은 화장으로 멋을 부린 소나무의 모습이 어쩐지 삼류소설의 여주인공처럼 격이 떨어져 보인다. 많은 돈을 들여 꾸며 놓은 정원에서 호감정이 들기는커녕 오히려 이런 불유쾌한 인상을 갖게 되는 것이 비단 나만의 비꼬인 생각일까.

그 집에 심어진 소나무들은 대다수 둘레가 칠팔십 센티미터씩은 되어 보이는 성목이다. 사람으로 치자면 이미 어른의 연령에 이른 셈이다. 무릇 사람이든 나무든 어느 정도 나이가 차면 그 이후부터는 눈짐작으로 가늠하기 힘들 만큼 자라나는 속도가 현저히 느려지든지, 아니면 아예 성장이 멈추어 버린다. 그러기에 아무리 시간이 흐른다 해도 그 집의 소나무들에서는 키며 몸집의 변화를 거의 느낄 수 없을 성싶다. 꽃으로 따지자면 조화造花 같다고 하리라.

호화스러운 정원을 보고서 어쩐지 은근히 가진 것 자랑으로 비쳤던 것일까. 한 중년의 여인이 그 집 앞을 지나가다, "돈으로 처발라 놓았네!" 하면서 쯧쯧 혀를 찬다. 표현이 조금 지나쳤다고 여기면서도 한편으로는 고개가 끄덕여지기도 한다.

여인의 타박을 듣는 순간, 그 집 정원에서 우리 집 정원으로 생각이 옮겨간다. 아이들 소꿉놀이하듯 소박하게 꾸며 놓은 모습이 어쩌면 초라해 보이기까지 하다. 한 그루에 수천만 원씩이나 나가는 소나무는, 고만고만하게 살아가는 서민 형편으로선 그저 그림의 떡일 뿐이다. 하지만 비록 큰돈은 들이지 않았어도, 여러 해 동안 아내와 둘이서 동분서주 발품을 팔아 가며 알뜰살뜰 가꾸어 온 우리만의 혼이 담긴 공간이기에 나름대론 여간 애착이 가는 게 아니다. 이른 봄이 열리자마자 초롱등을 조롱조롱 매달아 놓은 듯 앙증맞은 히어리를 선두주자로 가지가지의 꽃들이 다투어 자태를 뽐내기 시작하면, 초겨울에 접어들어 구골나무가 온 집을 은은한 향기로 뒤덮는 시절까지 쉼 없이 바통 바꾸기를 해가며 피고 지고 피고 짐이 이어진다. 그와 때를 맞추어 마당은 늘 해종일 온갖 새와 곤충들의 놀이터가 되어준다.

다시 그 집 정원으로 시선을 돌린다. 찬찬히 살펴도 수백 평쯤 되어 보이는 널찍한 잔디밭에 꽃나무 하나 눈에 뜨이지 않는다. 그러다 보니 아예 벌 나비 한 마리 찾아볼 수가 없다. 봄이 와도, 여름이 되어도, 가을로 바뀌어도, 겨울로 접어들어도 사시사철 항시 그 모습 그대로의 형상으로 그려진다. 멋스럽기는 할지언정 아기자기한 정취는 느껴지지 아니하는, 흡사 정지된 화면 같은 풍경이다. 이런 정원을 두고 과연 살아 숨 쉬는 정원이라고 부를 수 있을까.

두 정원의 모습에서 우리네 인생이 돌아다 보인다. 시작할 때부터 완전하게 갖추어 놓고 살면 참 편하고 좋은 것이야 누가 뭐래도 부인할 수 없으리라. 하지만 그 반면에 맨주먹으로 출발하여 하나씩 하나씩 마련해 가는 소소한 즐거움은 결코 얻을 수 없을 게 아닌가. 애당초 거금을 들여서 남의 손으로 한꺼번에 완성해 놓은 정원과 큰돈 들이지 않고 내 손으로 차츰차츰 가꾸어 나가는 정원, 어느 쪽이 더 마음에 기쁨을 선사해 줄 것인지는 세상을 읽는 각자의 가치관 나름일 것이다. 다만 처음부터 번듯하게 꾸며 놓은 정원은 우선 당장엔 눈을 즐겁게 할는지 모르지만, 그 대신 하루하루 한 해 두 해 식물들이 커나가는 모습을 바라보는 재미를 누리려는 기대는 아예 갖지 않는 것이 좋다.

　무릇 살아 숨 쉬는 정원이란, 시간의 흐름과 더불어 철 따라 달라지는 풍경에서 기쁨을 느끼고 위안을 얻으며 사람살이의 의미를 깨닫게 되는 그런 정원이 아닐까. 세상에 태어나 날이 가고 달이 가고 해가 바뀌면서 차츰차츰 자라나는 아이의 모습을 지켜보는 것 같은.

백약의 으뜸, 만병의 근원

바람 한 점 없는 한여름날이다. 집 안에서 손도 까딱하지 않고 가만히 앉아만 있는데도 한증막에 갇힌 듯 숨이 턱턱 막힌다. 몸이 천근만근처럼 무거우니 마음마저 덩달아 처지는 느낌이다.

내처 실내에서만 어정거리다. 어스름이 내릴 무렵 기분 전환이라도 할 겸 산책을 나선다. 현관문을 열고 바깥공기를 들이켜는 순간, 후텁지근한 열기가 마당에서 훅 끼쳐 온다. 낮 동안 펄펄 달구어진 대지가 채 식지를 못하였는가 보다.

모퉁이 하나를 돌아 갈림길이 나오는 지점에 이르렀을 때였다. 저쪽 멀리 오른편 길가 쪽으로 희끄무레한 물체 하나가 시야에 잡혔다. 며칠 전까지만 해도 없었던 물건이다. 그새 누가 갖다 놓은 것일까. 어찌 보니 거적때기 같기도 하고 어찌 살피니 비닐 뭉치인 성싶기도 하다. 저게 대체 뭐지? 실눈을 뜨고 아무리 찬찬히 살펴도 도무지 정체를 분간할 수가 없다. 순간적으로 평소의 그 못 말리는 호기심에 또다시 발동이 걸린다. 물체 쪽으로 조촘조촘 발걸음을 옮긴다. 의심쩍은 것이 있으면 기어이 두 눈으로 확인을 해야만 직성이 풀리는 고약한 성미 탓이다. 가까이 다가가는 순간, 역한 술 냄새가 확 풍겨왔다.

물체의 정체는, 다름 아닌 웬 낯선 중년 남자였다. 후줄근한 바지에다 빛바랜 점프 차림의 행색이 그간의 이력을 말해 준다. 대체 얼마나 들이부었기에 완전히 인사불성이 되었을까. 인기척에도 죽은 짐승처럼 전혀 반응이 없다. 주위에는 게워 낸 음식물이 널브러져 있고 아랫도리로 실례를 한 흔적까지 역력하다. 부끄러움 같은 건 아예 개한테 던져줘 버렸나 보다. 사람이 사람으로서의 존엄성을 팽개친 채 하나의 쓰레기 덩이가 되어 있다.

모임 자리에 가면 흔히들 남자가 한 잔씩은 해야 사나이답다며 술 마시기를 반강제적으로 권유받곤 한다. 이럴 때 나는 누룩 냄새만 맡아도 벌써 얼굴이 빨개지는 체질 탓에 좀생이 취급당하기 일쑤다. 사내자식이 되어서 술 한 잔도 못 마시느냐며 핀잔을 듣다 보면 자존감에 상처를 입는다. 이러한 상황이 내겐 적잖은 스트레스였다. 한편으론 술 잘 먹는 것이 뭐 그리 대수인가 싶은 언짢은 마음도 가슴속에 똬리를 틀었다.

술은 백약의 으뜸이자 만병의 근원이라는 중국 속담이 생각난다. 술을 두고 한 격언 가운데 이만큼 정곡을 찌르는 표현이 또 있을까 싶다. 무릇 세상 만물이 하나같이 양과 음, 긍정과 부정의 양면성을 지녔을 터이지만, 술만큼 평가가 극과 극으로 엇갈리는 경우도 흔치는 않으리라.

술이야말로 양날의 칼 같은 존재이다. 적당량만 취한다면 온갖 약의 으뜸이기도 하면서, 도가 지나치면 모든 질병의 근원이 되어 버린다. 술은 신이 인간에게 내린 최고의 선물이라고들 하지만, 동시에 세상 대부분의 사건 사고 또한 이 술 때문에 일어난다고 해도 그다지 지나친 표현은 아닐 것이다.

중국사람 진수가 편찬한 『삼국지』의 「위지魏志 동이전東夷傳」에는 우리 민족의 특성을 두고 '속희가무음주俗嬉歌舞飮酒'라고 표현한 구절이 나온다. 풍속에 술 마시고 노래 부르면서 춤추기를 즐겨한다는 뜻이 아닌가. 진수의 지적처럼, 우리는 오랜 옛적부터 술과 노래와 춤을 무척이나 좋아한 민족인 것 같다. 여럿이 모였다 하면 술을 마시고, 술만 마셨다 하면 노래를 부르며, 거기다 자연스럽게 춤까지 곁들인다.

이런 까닭으로 하여 우리나라는 술에 대해서 무척이나 관

대한 정서를 갖게 되었는지 모르겠다. 술을 마시고 운전을 해도 다른 나라들에 비하여 처벌 수위가 현저히 낮다. 이슬람 국가인 이란에서는 술을 마셨을 때 적발되면 보통 태형이 내려지고, 세 번 이상 어겼을 시에는 최대 사형까지 언도한다고 한다. 특히, 음주운전의 경우는 무관용 원칙을 적용해서 단호히 처벌할 만큼 술에 관해 매우 엄격하기로 이름이 높다.

이란보다 더 시퍼런 나라들도 있다. 불가리아의 경우 초범은 훈방을 하지만 재범자는 교수형에 처하는가 하면, 심지어 엘살바도르 같은 국가에서는 단번에 바로 총살형을 시킨다는 것이다. 우리도 얼마 전부터 이른바 '윤창호법'이라는 음주운전 관련 규정이 만들어져서 시행되고는 있지만, 제대로 자리가 잡히기까지는 아직도 갈 길이 멀었다 하겠다.

술을 바라보는 시각은 동서양이 극명하게 다르다. 동양에서는 술이 낭만과 풍류의 상징이었다면 서양에서의 술은 해방과 일탈로 치부된다. 그래서일까, 우리나라나 중국 같은 동양권에서는 술을 긍정적으로 노래한 시가들을 심심찮게 만날 수 있다. 일테면 주선酒仙이라 불리는 이태백은 술 한 말에 시를 백 편이나 썼다는 이야기가 전하는가 하면, 조선의 명재상이었던 김육 같은 분은 "자네 집에 술 익거든 부디 날 부르시오. 내 집에 꽃 피거든 나도 자네 청해옴세. 백년덧 시름 잊을 일을 의논코자 하노라."라고 읊었다. 그에 반해, 서양 속담에는 "악마가 바쁠 때 대리인으로 술을 보낸다"거나 "술이 들어가면 지혜는 빠져나간다"라는 말이 있다. 이로 미루어 보건대, 동양에 비해 서양은 술에 대한 평가가 아주 박한 성싶다.

술이라는 것이 본시 그렇다. 한 잔이 두 잔이 되고, 두 잔이 석 잔이 되는 게 이 술이라는 요물이다. 그래서 일찍이 『법화경法華經』 같은 경전에서도 술을 두고, 처음에는 사람이 술을 마시고 다음에는 술이 술을 마시며 마침내는 술이 사람을 마신다고 경계하였는가 보다.

술을 먹으면 무엇보다 말이 많아진다. 말이 많으면 쓸 말이 적다는 이야기처럼, 말이 많아서 좋을 것은 아무것도 없지 않은가. 말을 많이 하다 보면 자연 실수를 하게 마련이다. 평소 얌전하여 색시 같다는 소리를 듣는 사람 가운데서 술만 들어갔다 하면 성정이 백팔십도로 돌변해 버리는 이들도 심심찮게 본다. 이것이 술이 지닌 위력 아닌 위력이라고나 할까.

세상 모든 경우가 다 그러하듯 넘치면 모자람만 못한 법, 술 역시 적당량을 취한다는 것이 그 무엇보다 중요하리라. 이 적당량이라는 기준이 참으로 어렵고 모호한 일일 터이지만.

나같이 술 못 먹는 사람도 좀생이 소리 듣지 않고 제대로 대접받는 나라, 그런 열린 세상을 꿈꾼다.

행복한 삶을 가꾸는 지름길

텔레비전 화면에 오래 눈길이 머문다. 아프리카 소말리아 어린이들의 비참한 생활상을 전하는 다큐멘터리 프로다. 꾀죄죄한 얼굴에 피골이 상접한 팔다리, 땟국이 질질 흐르는 행색이 검은 대륙의 당면한 실상을 여과 없이 보여준다. 그 광경을 무연히 바라다보고 있으려니 우리의 지난 시절이 떠올라 연민이 인다.

1970년대 초, 그러니까 내가 갓 중학을 들어간 뒤 얼마 지나지 않아서의 일이니 벌써 삼십 년도 더 된 이야기다. 그때는 우리나라가 이름하여 '경제개발 5개년계획'이라는 기치 아래 잘살아보기 운동에 한창 박차를 가하던 시절이어서 내남없이 궁핍에 절어 있었다. 아이들의 얼굴은 여기저기 마른버짐이 피어나 께저분했고, 봉두난발한 머리는 온통 기계충으

3부 | 팔방미인과 반풍수

로 뒤덮여 볼썽사나웠다.

반 편성이 끝나고 며칠 뒤 짝이 지어졌다. 나하고 단짝이 된 K는 면 소재지에 그의 집이 있었다. 입성이 단정하고 얼굴 색이 뽀얀 품이, 단박에 보아도 꽤 있는 집 아이라는 짐작이 갔다. 솜털도 채 가시지 않은 얼굴에 새카만 피부, 찌든 때가 덕지덕지 눌어붙은 차림새에다 소매 끝에는 쓱쓱 코를 문지른 얼룩이 번들거리던 초라한 모습의 여느 아이들과는 너무나 대비가 되었다.

기억의 필름을 되감아 보니 때는 분명 한겨울철이었던 것 같다. 오전 수업 마침종이 울리고 기다리던 점심시간이 되었다. 아이들은 일제히 가지고 온 도시락을 꺼내었다. 그러고는 먹잇감을 보고 엉겨 붙는 개구리들처럼 우르르 짝을 지어 몰려 앉았다.

그때였다. K의 도시락에서 내 휘둥그레진 눈길은 그만 얼어붙은 듯 딱 멈춰 버렸다. 뚜껑을 여는 순간 하얀 쌀밥 위에 노릇노릇 구워진 달걀 프라이가 가지런히 얹혀 있는 게 아닌가. 밥도 밥이지만 프라이한 달걀에 눈이 꽂혔다. 달걀이란 으레 쌀뜨물에다 멀겋게 풀어서 쪄먹는 것으로만, 그것도 할아버지 밥상에나 올랐다가 당신께서 드시고 남긴 것을 그저 맛만 볼 줄 알던 나로서는 언감생심인 일이었기 때문이다.

연이어, 반찬통이 열리자 또 한 번 놀라지 않을 수 없었다. 양념을 넣고 조물조물 버무린 파란 오이무침이 먹음직스럽게 도시락 한쪽 귀퉁이를 차지하고 있었으니……. 대다수 가정이 노상 군둥내 풀풀 풍기는 묵은김치 하나로 긴긴 겨울을 나던 시절에 싱싱한 오이무침을 구경한다는 건 아예 상상조차 할 수 없는 일이었다. 그 사실은 내게 엄청난 문화적 충격으로 다가왔다. 도저히 따를 수 없고 결코 가 닿지 못할 어떤 세계, 유난히 살결이 뽀얗던 그 아이가 꼭 별나라의 왕자처럼 아득히 우러러보였다.

나중에 안 일이지만, K는 자기 집이 아담한 규모의 한식집을 경영하고 있었다. 그때는 지금처럼 아무나 큰 부담 갖지 않고 음식점 출입을 할 수 있는 시절이 아니었다. 가난한 시골뜨기로서는 웬만해선 용기를 내지 못할, 그저 유한계층이나 드나드는 특별한 공간이었던 셈이다. 아마 그래서 도시락도 남달랐지 않았나 싶다.

중학을 채 마치지 못하고 도회지 학교로 전학을 오게 되면서, 나는 아버지의 이종사촌 동생 되시는 분의 집에 얹혀 지내게 되었다. 예나 지금이나 남의 식구를 들인다는 게 여간 불편한 일이 아니지 않은가. 당자들이야 나름대로는 잘해 준다고 신경을 썼으련만, 받아들이는 나로선 통 마음에 차지 않

　　　　　　　3부 | 팔방미인과 반풍수

았다. 갖은 눈칫밥 먹어 가며 억지 춘향으로 한 두어 달을 근근이 버티다 결국 쫓기듯 보따리를 싸버렸다.

막상 대책도 마련되지 않은 상태에서 무작정 나와 놓고 보니 딱히 갈 만한 데가 없었다. 궁리궁리 끝에 달동네의 골방 한 칸을 얻어 자취생활을 하고 있던 고종사촌 형의 집을 찾아 나섰고, 사정사정하여 거기서 함께 지내기로 응낙을 받았다. 말이 집이지 거의 무너지기 직전인 폐가나 다름없었다. 참깨를 박아 놓은 듯 까맣게 파리똥이 앉은 팔뚝 굵기의 구부정한 기둥이며, 누렇게 변색이 된 신문지 조각으로 덕지덕지 발라놓은 벽이며, 무심코 일어섰다가는 머리가 온전치 못할 정도로 납작 내려앉은 천장이 도무지 정을 붙일 수 없게 만들었다.

이튿날 어슴새벽이었다. 당시 중학 졸업반이었던 형이, 일찍 학교에 가야 한다며 서둘러 아침상을 봐 왔다. 된장을 풀고 어묵 몇 조각 둥둥 띄운 멀건 국에다 간장 한 종지, 이것이 밥상의 전부였다. 비록 아무리 궁핍에 절어 있었기로서니 그렇게 초라하기 짝이 없는 밥상은 난생처음이었다. 형은 부지런히 숟가락을 놀렸지만, 유달리 입이 짧은 나는 도저히 목구멍을 타고 넘어가 지지가 않았다. 그렇게 며칠을 거의 굶다시피 하다 결국 또 다른 방도를 찾지 않으면 안 되었다. 그게 그

길고 힘겨운 자취생활의 시작이었던 것이다.

아침을 거르길 밥 먹듯 하였고, 어쩌다 기껏 해 먹는 반찬이라고는 값싸고 손쉬운 콩나물무침 아니면 어묵국이었다. 어떨 때는 근 한 달가량을 라면으로 때우며 버텨낸 날들도 있었다. 그때 얻은 위장병의 후유증이 여태껏 나를 괴롭힌다. 지금도 라면이나 어묵이, 보기는커녕 아예 냄새조차 맡기 싫은 것은 그 시절 그런 음식들에 질려 버렸기 때문이다.

세상이 비할 수 없이 풍요로워졌다. 이따금 아내 따라 시장엘 나가 보면 한겨울철에도 싱싱한 오이가 지천이다. 우리가 언제부터 이처럼 잘살게 되었던가. 불과 몇십 년 만에 우리는 풍요의 달콤함에 너무 깊이 길들어져 버린 것은 아닌지 모르겠다. 어릴 적부터 이런 풍경만을 보고 자란 요즘 세대들은 어려웠던 지난 시절을 상상 속에서도 그려 보지 못할 것 같다. 쌀이 나무에서 열리는 줄로만 알고 있고, 밥이 없어서 굶게 생겼다고 하면 "굶긴 왜 굶어, 라면 끓여 먹으면 되지." 이렇게 반문한다는 오늘의 아이들에게 물건 귀하게 쓰라고 아무리 가르쳐 봐야 먹혀들 리가 만무하다. 돈이면 다 되는 것으로 여겨 일쑤 아무렇게나 대한다.

우리가 어릴 적만 해도 음식을 먹다 밥풀 한 알만 흘려도 아버지로부터 불호령이 떨어졌었다. 상머리에서 반찬 투정을 부리면 야단이 난다. 어른들은 쌀 한 톨 생산해 내기 위해 흘린 농부들의 여든여덟 번에 걸친 노고를 들먹이며 그 소중한 가치를 일깨워 주곤 하셨다.

우리나라는 호랑이보다 더 무서웠다는 그 지긋지긋한 IMF의 터널을 지난 지 오래되었지만, 지금도 구조조정이다 청년실업이다 자영업의 몰락이다 하면서 경제적으로 많이 힘들어하고 있다. 신용불량자로 낙인찍혀 헤어날 수 없는 수렁으로 몰린 사람들의 가족 동반자살 사건이 사흘이 멀다고 마음을 출렁이게 만든다. 예전에 비할 바가 아니게 다들 생활 형편은 훨씬 나아졌음에도 왜 이런 안타까운 일들이 꼬리를 무는 것일까.

사람은 누구나 남과의 비교에서 자신의 초라함을 발견할 때 가장 힘들어한다. 지금 가진 자는 너무 먹어 탈이고 못 가진 자는 아예 먹지 못해 탈이다. 가진 자와 못 가진 자의 격차가 벌어지면 벌어질수록 두 계층 사이의 마음의 벽은 점점 높아져 갈 수밖에 없다. 가진 자의 흥청망청 분별없는 소비는 어찌 보면 못 가진 자의 가슴에다 치유가 힘든 대못질을 해대는 행위일지 모른다. 이로 인해 가진 자에 대한 못 가진 자의 막연한 적개심이, 이따금 불특정 다수를 노린 이른바 '묻지마 범죄'로 나타나기도 한다.

그렇다고 못 가진 자의 그러한 행위가 정당하다고 두둔하려는 건 결코 아니다. 마음에 차지 않는다고 세상에다 대고 분노의 화살을 쏘아 대는 것은 자신의 문제를 타인에게 떠넘기는 밴댕이 소갈딱지 같은 짓이기 때문이다.

우리는 모두가 지구별이라는 큰 배에 운명을 함께 맡기고 있는 승객들이 아닌가. 그러기에 서로가 서로에게 감사하는 마음을 갖는 것이 안전한 항해를 위한 필수 요건일 터이다. 가진 자는 못 가진 자에게 돌아갈 몫까지 자신이 차지해서 감사하다는 마음을 가져야 할 것이고, 반대로 못 가진 자는 가진 자가 자신의 몫을 나누어주어서 역시 감사하다는 마음을 지녀야 하지 않을까. 서로를 향한 이런 열린 생각 없이는 너도나도 함께 불행의 늪에 빠지고 만다. 특히 가진 자의 양보와 희생은 서로가 서로를 살리는 열쇠가 될 것이다.

흔히 가진 자들 가운데는 본래부터 제가 잘나서 그처럼 많은 재물을 소유하게 되었다고 생각하는 이들이 있다. 자아류에 치우친 엄청난 착각이 아닐 수 없다. 의사는 환자가, 회사 사장은 고객이, 할인점 주인은 소비자가 있었기에 가진 자로서의 삶이 가능했던 것이 아니겠는가. 많이 가진 자가 못 가진 자에게 조건 없이 베풀어야 하는 이유를 여기서 찾아야 하리라. 남의 아픔이 나의 아픔일 수 있다는 '더불어 삶'의 실천이, 가진 자들 자신의 안녕을 지키는 울타리가 되어준다.

요새 세상에 아무리 형편이 어려운 집이라 하더라도 한겨울에 오이무침 못 해 먹을 가정이 어디 있을까. 남들보다 더 잘 먹고 잘 입고 뻐기며 살아야겠다는 지나친 욕망이 불행의 씨앗을 잉태하게 만든다. 파이를 키우는 데는 한계가 있지만, 욕망을 충족시키는 데는 한계가 없다고 했다. 그러기에 욕망을 다스릴 지혜를 갖지 못한다면 앞날의 불행은 이미 예고된 수순이다.

분에 넘치는 욕망의 덫에서 헤어나 지금 나 자신에게 주어진 여건에 감사할 줄 아는 마음의 여유를 지녀야겠다. 남의 일이 바로 나의 일이 된다는 공동체 의식을 가져야 하겠다. 이러한 자세야말로 행복한 삶을 가꾸는 지름길이 아닐까.

4부

죽어야
끝이 나는 병

고맙고, 고맙다

보컬 그룹 공일오비(015B, 空一鳥飛)의 〈수필과 자동차〉를 듣는다. 발라드풍의 경쾌한 레게 리듬에 나도 모르게 발장단이 맞춰지면서 어깨가 들썩거린다. 알 만한 사람은 익히 알다시피 공일오비라면 '90년대 우리 가요계를 풍미했던 뮤지션 아닌가. 그 인기가수들이 부르는 노래이니, 내 비록 생의 저물녘으로 향해 가는 세대이지만 자연스레 관심이 쏠리는 것은 인지상정이리라.

동화풍의 감성적인 언어로 꾸며진 재미난 노랫말도 노랫말이려니와, 무엇보다 흔하게 만날 수 없는 독특한 제목에 낚여 채이듯 와락 마음이 빨려든다. 명색이 작가라는 이름을 달고서 오랜 세월 수필전도사 노릇을 자처해 온 나이기에 어쩌면 너무나 당연한 내면 의식의 작용일 터이다. 수필과 자동차, 얼핏 서로 전혀 어울릴 것 같지 않아 보이는 둘 사이의 조합이 한편으론 낯설면서도 한편으론 묘한 호기심을 불러일으킨다.

사람들에게 무엇을 호소하고 싶기에 이런 좀은 생뚱맞은 제목으로 노래를 만든 걸까. 한 구절 한 구절 음미해 가며 작사가의 창작 의도를 짚어 본다. 그러고 있노라니, 가치 전도 현상이 판치는 오늘의 세태를, 음악이라는 형식에 담아서 풍자하려 한 색다른 발상에 연신 고개가 주억거려진다.

영화를 보곤 가난한 연인 / 사랑 얘기에 눈물 흘리고 / 순정만화의 주인공처럼 / 되고파 할 때도 있었지 // 이젠 그 사람의 자동차가 / 무엇인지 더 궁금하고 / 어느 곳에 사는지 더 / 중요하게 여기네 (중략)

버스정류장 그 아이의 / 한 번 눈길에 잠을 설치고 / 여류작가의 수필 한 편에 / 설레어 할 때도 있었지 // 이젠 그 사람의 아버지가 / 누구인지 더 궁금하고 / 해외여행 가봤는지 / 중요하게 여기네

공일오비의 멤버이기도 하면서 직접 가사를 쓰고 거기다 곡까지 붙인 정석원, 노랫말에 불려 나온 낱말들이 그가 평소

문학을, 아니 수필을 무척 아끼고 사랑하는 음악가임을 확연히 말해 준다. 〈수필과 자동차〉에서 '수필'하고 '자동차'가 각기 무슨 함의를 지니고 있는 것일까. 앞뒤 맥락으로 헤아려 보건대, 수필이 형이상학적인 가치를 표상한다면 자동차는 형이하학적인 가치를 표상하는 알레고리로 읽힌다.

여기서 그 이면에 숨은 하나의 유의미한 경향성을 도출해 낸다. 세상사와 문학의 대비 구도를 설정할 경우, 항용 수필 대신 시를 갖고 오는 것이 통례였다. 그런 관행이 시나브로 깨어지고 있는 게다. 시가 독점해 왔던 그 자리를 이제 수필도 당당히 차지하고 들어앉기 시작하였다는 사실에 방점이 찍힌다. 인생의 절반이 넘는 세월 동안 고집스레 수필 하나만을 붙들고 씨름해 온 사람으로서 여간 생광스러운 흐름이 아닐 수 없다.

불현듯 스무 해도 훨씬 전 어느 날, 금융기관을 찾았을 때의 기억이 되살아났다. 수성교 근처의 한 외국계 은행 지점에서였다. 그때 무슨 볼일로 거기를 들렀었는지는 지금은 머릿속이 하얗게 지워져 있다. 다만, 삼십 대 중반쯤으로 보이던 여자 행원의 말 한마디가 강산이 세 번이나 바뀔 만한 시간이 흐른 오늘 이 순간까지도 마치 어제 일처럼 잊어지지 않는다.

그녀는 상담실로 안내한 뒤 차를 권하면서 나더러 "실례지만 뭐 하시는 분이세요?" 하고 조심스레 물어왔었다. 나는 그녀에게, 대답 대신 무슨 일 하는 사람으로 보이느냐며 되물었다. 내가 글동네를 기웃거리고 있다고 하자, 그녀는 눈웃음 머금은 표정으로 고개를 갸웃거리다, "그럼 혹시 수필가 아니신가요?"라며 반색을 하는 것이 아닌가. 그전 같았으면, 글 쓰는 사람이라고 소개를 하면 으레 "시인 아니신가요?"라는 말로 친근감을 표현했을 터이다.

참 의외다 싶었다. 그 한마디가 묘한 기분을 불러일으키면서 나를 흥분시켰다. 우리 수필가의 이미지가 어느새 일반인들에게 이처럼 인식되고 있었구나. 이런 생각과 함께 마음속으로 흔흔한 기쁨에 젖어 들었었다. 오늘 공일오비의 '90년대 히트곡 〈수필과 자동차〉를 들으면서 서른 해 가까이 전 그날의 기분과 똑같은 감정을 느끼게 되는 것은 어인 일일까.

'수필'이라는 말만 나오면 나는 언제나 가슴이 설렌다. 제 자식이 밖에 나가서 남의 자식한테 지고 들어오면 용납이 되지 않는 부모 마음처럼, 어쩌다 수필이 다른 문학 장르에 비해 홀대를 받게 될 때면 끓어오르는 심사를 억누르기가 힘들다. 그만큼 수필을 많이 아끼고 사랑한다는 반증일 게다. "왜 하필 수필인가?" 하고 누가 내게 물어 올라치면, 나는 어느 유행가 가사의 구절을 빌려와 "무조건, 무조건"이라고 대답해

준다. 좋아함에 있어 무슨 구구한 사설이 필요할 것인가. 그냥 무조건 좋을 뿐이다.

'수필과 자동차', 이 심장深長한 노랫말로 세상 사람들에게 수필의 존재 가치를 일깨워 준 작사가가 고맙다. 감칠맛 나는 곡조로 음악 애호가들에게 수필 사랑의 마음을 심어 준 가수들이 고맙다.

그걸 이 나이에서야 깨닫다니

드디어 입춘이다. 얼마나 목을 늘여 가면서 기다리고 기다려 온 시절이던가. 입속에서 "입춘!"하고 나직이 불러 본다. 순간, 어느새 봄이 나비 떼가 되어 입 안으로 화르르 날아드는 것 같다. 절후 상으로는 24절기 가운데 첫 번째인 이날을 기점으로 새해가 열리면서 봄이 시작된다고 하니, 지나간 겨울 석 달 동안 잔뜩 움츠려 있었던 마음에 벌써 생기가 돈다.

얼마 전까지만 해도 입춘 날 대문짝에다 '立春大吉 建陽多慶'이라는 글귀를 써 붙이는 것에 대하여 전혀 무신경했다. 아니, 무신경을 넘어 오지랖 넓게도 "뭣 때문에 깔밋한 대문에다 무슨 부적처럼 저런 종이쪽지를 발라 볼썽사납게 만드는 게지……"라며 마뜩잖게 여겼었다. 내일모레면 갑년을 맞는 이 나이에 이르러서야 비로소 춘첩자春帖子에 담긴 그 속 깊은 의미를 깨닫게 되었으니, 나는 이제껏 왜 그리 계절의 흐름에 둔감했었고 세상일에 느지막이 철이 나는지 적이 부끄럽기까지 하다.

중년 고개를 넘어서고부터, 해마다 시월로 접어들면서 우수수 지는 낙엽만 보아도 앞으로 겨울 석 달을 또 어떻게 날까 싶은 걱정에 잔뜩 긴장이 되었다. 어릴 적 별명이 '빼빼장구'였을 만큼 깡마른 몸에다 전형적인 소음 체질을 타고나다 보니, 남들에 비해 유달리 추위를 많이 타는 까닭이다. 겨울만 되면 이 한 철을 따뜻한 남쪽 지방으로 가서 보내고 올 수는 없으려나, 그저 궁리뿐인 궁리를 해보곤 한다. 누구는 눈 내리는 풍경에 어린아이처럼 가슴이 설렌다고 하지만, 나는 눈이 올까 봐 미리 겁부터 난다. 그만큼 겨울이 싫고, 그래서 이 삭막한 계절은 마음까지 잔뜩 움츠러들게 만든다.

오랜 옛적부터 입춘을 맞으면서 집집마다 춘첩자를 써 붙이는 풍습이 생겨난 것을 보면 우리 조상들도 봄을 간절히 기다려 왔음에 틀림이 없으려니 싶다. '입춘대길' 새봄을 맞이하여 큰 행운이 찾아오고, '건양다경' 따스한 기운이 감도니 경사스러운 일이 많이 생겨났으면 하는 간절한 소망을 그 글귀에다 담았으리라. 그런 선조들의 마음이 절절히 가슴에 와닿는다.

한 살 두 살 나이를 먹으니 갈수록 봄이 좋아진다. 꽁꽁 얼어붙었던 대지를 뚫고 파릇파릇 새싹이 올라오고, 완전히 말라죽은 것 같았던 나뭇가지에서 뾰족뾰족 움이 돋아나는 대자연의 조화造化가 참으로 경이롭고 신비스럽게 느껴진다.

사람의 일인들 무엇이 다르랴. 만물의 소생과 더불어 불끈불끈 기운이 솟고 삶에 의욕이 넘친다. 봄이 오면 무엇이든지 할 수 있을 것 같은 자신감이 쑥쑥 자라나는 듯도 싶다.

사실 입춘이 되었다고 해서 정작 봄이 도래한 것은 아니다. 완연히 봄다운 봄을 느낄 수 있으려면 아직도 더 많은 고통과 시련의 시간을 묵묵히 견뎌야 한다. 하지만 언젠가는 저 남녘 땅으로부터 매화가 피어나기 시작하였다는 뉴스가 기어이 들려오고야 말 것이니, 길고 지루한 겨울을 이겨 내고 마침내 전해질 꽃소식에 미리부터 어이 기분이 들뜨지 않으랴. 그때를 기다리는 설렘이 있어 이 시절이 여간 기쁘지가 않다. 소생에의 환희를 가슴 벅차도록 외쳐 보고도 싶어진다.

오늘 고대하고 고대하던 입춘을 맞으면서 내 마음의 대문에다 정성을 담아 춘첩자 한 장 써 붙인다. 봄이 저만치서 화사한 얼굴로 손짓을 보내고 있다.

그때는 왜 보이지 않았을까

길 양편에 아름드리 노송이 빼곡하게 들어찼다. 수천 마리의 푸른 용이 일시에 하늘로 오르는 듯 구불텅구불텅 비틀어지고 휘감긴 형상으로 장관을 연출해 낸다. 하나같이 거북 등껍질을 하고서 이쪽저쪽의 우듬지와 우듬지가 서로서로 이마를 맞대어 끝이 보이지 않는 터널을 이루었다. 자연이 빚어낸 경외스러운 광경에서 세월의 깊이가 느껴져 온다.

근 서른 해 만에 경남 양산의 통도사를 다시 찾은 길이다. '靈鷲山門'이라는 현판이 걸린 전각 옆에 마련된 주차장에다 차를 세웠다. 구두를 벗어 운동화로 갈아 신고 맥고모자를 눌러썼다. 배낭도 메었다. 단장까지 챙겨 든다. 일상에 지친 머리도 식힐 겸 쉬엄쉬엄 걸으면서 어쭙잖게 선승들의 만행萬行을 흉내라도 내어 볼 심산이다.

산문으로 들어서자 여울을 사이에 두고 길은 두 갈래로 나누어져 있다. 왼편의 찻길을 곁눈질하며 오른편에 난 산책길로 접어든다. 차를 타고 가든 다리 힘을 빌리든 조금 빠르고 더딘 차이만 있을 뿐 불국정토에 다다르는 것이야 결국 매일반 아닌가. 다만, 부처님은 둘 가운데 어떤 걸음으로 당신을 친견하러 오라고 하실는지 그것이 궁금해진다.

몇 발자국을 떼어 놓으니 장승처럼 선 입간판 하나가 순례객을 맞이한다. '舞風寒松路', 바람에 춤추는 소나무길. 언제 누가 지어서 붙인 이름인지는 모르겠으되 그는 필시 풍류를 아는 사람임이 분명하리라. 무풍한송로, 무풍한송로, 무풍한송로……, 주문을 외듯 되풀이 궁굴려 본다. 마음속으로 감탄사를 연발하는 내 기분을 알아주기라도 하는 양 동남풍에 몸을 맡긴 소나무들이 설렁설렁 팔다리를 흔들어 대며 춤사위를 펼친다.

순간 그만 눈이 휘둥그레졌다. 명칭에 걸맞게 어쩌면 이리도 많은 소나무가 여기 이처럼 무리를 이루어 살아가고 있었더란 말인가. 산문에서부터 일주문이 자리한 곳까지 자그마치 오 리도 넘어 될 성싶은 산책길이 온통 소나무 일색이다. 예전에 왔을 때는 이 거대한 소나무 군락이 하나도 눈에 보이지 않았었다. 소나무야 그때나 지금이나 한결같이 같은 자리에서 이렇게 자라고 있었을 터이건만, 내 시선은 그 존재에 가 닿을 만큼 제대로 성숙되지 못했던 것 같다.

참으로 이해할 수 없는 일이다. 사람은 누구나 자기 관심사에 있는 것만 보고 듣고 한다더니 정녕 그 말이 맞는가 보다. 한두 그루였으면 혹여 놓치고 지나쳤을 수도 있었으리라. 그러나 줄잡아 수천 그루, 그것도 아름드리 노송들임에도 그것이 전혀 눈에 들어오지 않았다니…….

비단 소나무뿐이 아니었다. 절집으로 들어섰을 때 또 한 번 놀랐다. 영각影閣 앞에 심어진 삼백오십 년 묵은 자장매慈藏梅며 나이를 가늠하기 힘든 그 옆의 흰동백나무, 그리고 다시 그 옆으로 장골 허벅지 굵기만 한 금목서가 떡하니 자태를 뽐내고 있지 않은가. 이 나무들이 여기 이렇게 떡하니 자리하고 있었다니…….

다른 어느 절집에서도 만나지 못할 희귀한 노목들로 하여 천년고찰의 격조가 한층 높아져 보인다. 다들 수백 년의 세월 동안 묵묵히 생을 이어왔을 것이고 보면, 처음 갔을 때도 그 자리에 서 있었을 것임에 의심의 여지가 없다. 그럼에도 불구하고 그때 당시 내 눈은 이 나무들의 존재를 전혀 담아내지 못했었다. 다만 기억 속에 각인된 것이라고는 부처님 진신사리가 모셔져 있다는 적멸보궁과 몇몇 전각뿐이다. 그때는 왜 보아도 보이지 않았을까.

한 해 두 해 시간이 흐르면서 크고 굳세고 화려한 것보다는 작고 여리고 소박한 것에 관심이 간다. 인공물보다는 자연물에 시선이 머문다. 사람을 위압하는 미끈한 건축물에서는 더 이상 감동이 되어 오지 않는다. 앙증맞고 연약한 꽃과 풀, 오래된 나무 같은 것들이 왠지 정겹게 느껴진다.

꽃나무들을 향한 호감도도 점차로 달라지는 것 같다. 혈기 왕성하던 시절에는 사람의 눈을 호리는 원색 계열의 꽃이 좋았다. 혼을 빨아들일 것 같은 그 강렬함에 매혹되었다. 그랬던 것이, 머리에 서리꽃이 늘어가면서는 은은한 빛깔의 꽃에 더 눈길이 머문다.

여기서 다가 아니다. 옷맵시도 마찬가지다. 예전엔 남들의 눈을 의식한 튀는 디자인의 옷을 선호했다. 어쩐지 그런 차림이 멋스러워 보이고 세련되게 느껴졌었다. 그랬던 지난날과는 달리 이제는 수수한 입성이 훨씬 우아하고 품위 있게 다가온다.

사람에겐들 뭐 다를 것인가. 세상 물정 모르던 시절에는 미끈한 허우대에다 말쑥하게 생긴 얼굴에 마음이 끌렸었다. 중년을 넘기고 서서히 생의 저물녘으로 접어들고 있는 지금은, 시간을 비켜 간 듯 희번드르르한 얼굴보다는 세월의 풍상이 묻어나는 주름진 얼굴에 보다 정감이 간다.

세상사를 바라보는 눈이 세월 따라 정반대로 바뀐 것은 대체 무슨 조화에서인지 모르겠다. 나이를 헛먹어 버린 것인가, 아니면 제대로 먹어 온 것인가.

가르치는 선생, 가리키는 스승

어쭙잖은 지식으로 남들 앞에 서 온 것이 서른 해가 넘었다. 어린 학생들 앞에도 섰고 어른 학생들 앞에도 섰다. 어린 학생들 앞에 서서는 교과 공부를 가르쳤고 어른 학생들 앞에 서서는 글쓰기 공부를 가르쳤다.

무엇이든 같은 일을 줄곧 하다 보면 그것이 습관으로 굳어지는 것일까. 배운 게 도둑질이라고, 수십 년 세월 동안 한결같이 가르치는 생활을 하며 지내다 보니 이 가르치는 습성이 의식하지 못하는 가운데 몸에 배어 버린 것 같다. 그래서 누구에게든 한사코 가르치려고 했었다.

"선생질하는 며느리 봐나 보래. 아무한테나 대놓고 가르치려 든데이."

모임 자리에 가면 간혹 이런 소리를 듣게 된다. 마땅히 시중을 들어 드려야 하는 시부모에게조차도 시중은커녕 되레 가르치려 든다는 이야기를 하는 사람도 있다. 하기야 이것이 어디 꼭 교사 며느리뿐이겠는가. 누군가에게 무엇이든 습득시켜야 하는 일을 업으로 가진 이들이라면 다분히 그럴 개연성을 안고 있다. 그들이 천성적으로 그런 자질을 타고났다기보다는 자기도 모르게 버릇으로 굳어져서 자연스레 그리되는 것일 게다.

"사람들은 배우는 것은 좋아하지만 가르침을 받는 것은 좋아하지 않는다."

일찍이 미국의 노예해방을 부르짖었던 에이브러햄 링컨 대통령이 남긴 명언이다. 사람은 누구 없이 스스로 익혀서 아는 것은 좋아하지만, 남의 명령이나 속박에 따라 움직이는 것은 싫어한다는 뜻이 아닐까. '하던 ××도 멍석 깔아 놓으면 안 한다'는 말이 있다. 타인의 간섭이나 지배받기를 달가워하지 않는 인간 존재의 선험적인 기질을 잘 대변해 주는 속담이 아닌가 한다. 그래서 당연히 행해야 할 옳은 일일지라도 누가 시키면 공연히 트집을 잡고 어깃장을 놓기 마련이다.

'가르치다'가 지시하고 명령하는 행위라면 '가리키다'는 안내하고 권유하는 행위일 터이다. 곧, 전자가 타율에 기반을 두고 있는 데 비해 후자는 자율에 기반을 두고 있다고나 할까, 이것이 자율과 타율의 결정적인 차이다. 그러기에 가르치는 것보다는 가리키는 것이 분명히 고차원이고 고품격임에 틀림없다.

가르치는 일이 선생의 상相이라면 가리키는 일은 스승의 상像이다. 지식의 단순한 전달자가 선생인 데 반해 인생의 친절한 안내자가 스승인가 한다. 가르친다는 행위에는 그 안에 상하관계가 깔려 있고, 가리킨다는 행위에는 그 속에 수평관계가 흐르고 있음에서이다.

흘러간 시간들을 되돌아보니, 여태껏 가르치는 선생의 역할에만 충실하려 안달했었지 가리키는 스승으로서의 행실에는 등한시해 온 나날들이었던 듯싶다. 진즉에 나 자신의 깜냥을 헤아렸더라면 이런 부끄러운 짓은 하지 않았을 것을…….

지나고 나서야 알량한 식견이나마 돌아나 때늦은 후회감이 밀려든다. 깨달음은 이렇게 늘 지각생으로 찾아오는 것인가 보다. 한 해 두 해 나이테가 감기어 가면서 이제서나마 사람살이의 이치를 조금은 헤아릴 수 있게 되었으니, 잔뜩 먹어 온 지금의 나이가 그저 헛먹은 것만은 아니라며 스스로 위안을 삼는다.

늦었다고 할 때가 빠르다는 말이 있던가. 그 말에 용기를 얻어, 지금부터라도 무엇인가를 가르치는 교육자가 아니라 어디에론가를 가리키는 안내자가 되어 보련다. 아니, 인생이라는 목적지를 향하여 그들과 나란히 길을 걸어가는 동행자의 역할로 삶의 의미를 찾아야겠다. 마라톤 경주에서의 페이스메이커 같은 마음가짐으로.

나의 무기는

"군주는 권력 휘두르는 것으로 무기를 삼고, 여자는 성질부리
는 것으로 무기를 삼는다."

우연한 기회에 듣게 된 어느 큰스님의 법문 가운데 한 구
절이다. 한편으로는 다소 무리한 표현이 아닌가 싶은 생각이
들면서도, 다른 한편으로는 참으로 정곡을 찌르는 경구警句인
것 같아 고개가 주억거려지기도 한다. 군주가 인자하지 않아
서 백성을 힘으로 다스리면 나라가 위태로워지듯, 여자가 지
혜롭지 못하여 가족에게 성질을 부려대면 집안에 평지풍파가
일어나지 아니하던가. 심한 비바람이 휘몰아치는 날에는 새
들도 불안에 떠는 것처럼, 가정의 조종간을 잡고 있는 주부가
분별없이 성을 잘 내는 집은 가족이 가슴을 졸이게 되는 건

정한 이치일지다.

우리말의 '성내다'라는 단어를 영어에서 찾는다면 'Anger'와 대응시킬 수 있을 것이다. 이 anger 앞에다 불량품 혹은 하등품이라는 의미를 지닌 알파벳 D를 갖다 붙이면 'Danger'로 바뀐다. 여기서 Danger는 우리말에서의 '위험하다'는 낱말과 통하니, 결국 성을 내는 일은 그만큼 나쁘고 저질스러우며 또한 위험하다는 뜻일 게다.

불가에서는 보살이 열반에 이르기 위하여 갖추어야 할 수행으로 육바라밀六波羅蜜*을 들고서, 그중 보시바라밀을 첫 번째 자리에다 앉혀 놓고 있다. 그리고 다시 이 보시바라밀 가운데서도 으뜸가는 덕목으로 무재칠시無財七施를 꼽는다. 무재칠시란 재물 없이도 베풀 수 있는 일곱 가지를 일컫는 말이다. 이를테면 화안시和顏施, 언시言施, 신시身施, 심시心施, 안시眼施, 좌시座施 그리고 방사시房舍施가 곧 그것들이다.

문수보살의 게송 가운데 "성 안 내는 그 얼굴이 참다운 공양구供養具"라는 구절이 나온다. 여기서 '성 안 내는 얼굴'이란

---

* 육바라밀: 바라밀이란 피안彼岸의 세계에 이르고자 하는 보살의 수행을 총칭하는 말로, 육바라밀은 보시布施, 지계持戒, 인욕忍辱, 정진精進, 선정禪定, 지혜智慧 바라밀 등의 여섯 가지를 일컬음.

곧 화안시를 두고 하는 하나의 보시행 아니겠는가. 일곱 가지 무재시 중에서 왜 하필이면 화안시를 맨 앞에다 두었는지 그 까닭을 조금은 헤아릴 수 있을 것 같다.

사람은 누구 없이 가슴속에다 제 나름의 무기를 품고 산다. 이 무기를 어떻게 사용하느냐에 따라 그것은 복이 되기도 하고, 거꾸로 화가 되기도 한다. 특히나 가진 것이 많고 권력이 세고 지위가 높은 이들이 끼칠 수 있는 무기의 위력은 한층 크고 무겁다. 그러기에 그런 영향력을 지닌 사람일수록 행동거지에 더욱 신중을 기해야 함은 너무나 자명한 조리이리라. 우리가 항용 노블레스 오블리주 정신의 중요성에 대해 강조하는 까닭도 여기서 그 답을 찾을 수 있지 않을까.

뱀이 물을 마시면 독을 만들고 소가 물을 마시면 우유를 만든다는 이야기가 있다. 향을 쌌던 종이에서는 향내가 나지만 생선을 묶었던 새끼줄에서는 비린내가 난다고 『법구경』은 비유를 들어 가르친다. 지혜로운 자가 배우면 세상을 이롭게 하지만 어리석은 자가 배우면 세상을 위험에 빠뜨릴 뿐이다. 본 바탕은 같은 것이었을지라도 그 쓰임에 의해서 결과는 극과 극으로 나타나게 된다는 이치일 터이다.

이런 생각을 하며 스스로를 돌아다본다. 그렇다면 나의 무기는 무엇이었나? 나는 육체적으로 타인을 쓰러뜨릴 만한 힘도, 물질적으로 상대를 제압할 만큼의 돈도, 사회적으로 누군가를 굴복시킬 정도의 권세도 갖고 있지 못하다. 그저 타고난 것이라고는 글줄이랍시고 긁적거리는 알량한 재주밖에 지니지 못했으니, 어쩌면 자신도 모르게 이 어쭙잖은 재주로써 나름의 무기를 삼았을 수도 있었으려니 싶다. 내 글이 풍진 세상살이에 고단하고 지친 이들의 영혼을 어루만져 주기는커녕, 오히려 그들의 가슴에 깊고 푸른 상처나 남기지는 않았는지 모르겠다. 가만히 지난 시간들을 되새겨 보노라니 어쩐지 목젖이 따끔거려 온다.

지금껏 조자룡 헌 칼 쓰듯 아무 생각 없이 휘둘러 왔다면, 이제부터는 글 한 편, 문장 한 줄, 아니 하다못해 낱말 하나를 부려 쓰더라도 비록 보잘것없으나마 이 사회에 겨자씨만 한 보탬이라도 되도록 늘 깨어 있는 마음가짐으로 임해야겠다는 각오를 다진다. 비록 존경받는 작가라는 소리는 못 들을지언정 어디 욕 얻어먹는 작가라는 딱지가 붙는대서야 쓰겠는가.

황성공원의 가을

 블랙홀로 빨려들 듯 공원 경내로 들어선다. 순간, 두 눈이 휘둥그레졌다. 아무리 천년고도라고들 하지만 경주에 이런 곳이 있었던가. 어림잡아 사방 오 리도 넘어 보이는 경계에 에둘러 펼쳐진 떡갈나무 숲이 하늘을 이고서 나그네를 맞는다.

 이렇게나 많은 떡갈나무가 군락을 이룬 모습이라니! 마치 집성촌을 이루고 살 듯 온통 떡갈나무 일색이다. 이것이 어디 아무 데서나 흔하게 만날 수 있는 광경이던가. 여태껏 보아 온 것으로는 고작 몇 그루, 혹은 많아 봐야 채 몇십 그루를 넘지 못했었다. 자그마치 수백 그루의 떡갈나무가, 그것도 족히 사오백 년씩은 됨직한 아름드리 거목들이 정전 뜰에 도열한 만조백관처럼 눈길을 사로잡는다. 이 떡갈나무야말로 황성공원皇城公園의, 문자로 기록되지 않은 역사라고 한대도 그리 지나친 표현은 아니리라.

　천년 세월의 향기를 머금은 서라벌의 옛 터전, 황성공원은 그 유서 깊은 도시의 한복판을 차지하고서 망망대해에 떠 있는 섬으로 내 앞에 모습을 드러내었다. 황성이라면 '황제 나라의 성'이라는 뜻이 아닌가. 이곳 서라벌에 신라 시대 황실의 성이 있었으니, 그런 연유로 해서 황성으로 불리게 되었다고 야사는 전해 온다. 향가라는 찬란한 문화의 꽃을 피워낸 고장이고 보면 충분히 그런 품격 높은 이름이 나오고도 남았을 것이라는 생각에 고개가 끄덕여진다.

　사람들은 항용 경주를 일컬어 '노천박물관'이라고 부른다. 그 이름에 걸맞게 손에 잡히는 것이면 무엇이든 유물 아닌 것이 없고, 발길 닿는 곳이면 어디든 유적 아닌 데가 없다. 길가에 나뒹구는 이 빠진 사기그릇 한 점, 깨어진 기와 조각 하나가 그대로 유물이고, 잡풀 우부룩한 폐사지, 쓰임새 다하고 물러앉은 우물마저도 어김없는 유적이다. 황성공원의 떡갈나무 숲길을 거닐며, 그 말이 이 예스러운 고장에 썩 잘 어울릴 법한 별칭임을 다시금 깨닫는다.

　해마다 가을철만 되면 고질처럼 어김없이 가슴속에 울렁증이 도지곤 한다. 이 심화心火를 감당하지 못해 무작정 마음 내키는 대로 내맡겨 흘러오다 다다른 곳이 황성공원이다. 때는 바야흐로 시월도 저물어 갈 무렵, 석양이 비끼는 포도鋪道 위에 기다랗게 나무 그림자가 드리워지고 계절은 깊을 대로 깊었다. 쓰적쓰적 낙엽 갈리는 소리가 저 아득한 태곳적 음향인 양 발밑에 내려 깔린다. 그리고 지금 이렇게 산책길을 밟고 있는 나 또한 천년 세월을 거슬러 그때 사람이 된 것 같은 착각을 불러일으킨다.

황성이라는 지명을 만나고 보니, 불현듯 흘러간 노래 〈황성 옛터〉가 생각난다. 단장의 음색이 깊은 호소력을 지녔던 가수 이애리수, 그녀가 피를 토하듯 애절하게 불러 이 땅의 민초들에게 망국의 서러움으로 눈물짓게 했던 추억의 가요가 아니던가. 그 이름이 주는 분위기에 취해 어느새 나도 모르게 노래가 흥얼거려지고 있었다.

황성옛터에 밤이 되니 월색만 고요해 / 폐허에 서린 회포를 말하여 주노라 / 아 외로운 저 나그네 / 홀로이 잠 못 이뤄 / 구슬픈 벌레 소리에 / 말없이 눈물져요

노래 속에서의 황성荒城은 개성의 만월대滿月臺를 품고 있는 고려의 옛 궁궐터라고 전해 온다. 그렇다면 이 공원의 이름인 '황성'과 노랫말에서의 '황성'이 애당초 같은 지명은 아님이 분

명하다. 하지만 비록 사실이 그러하대도 그런 것은 굳이 따져 묻고 싶지 않다. 몸은 지금 황성공원의 떡갈나무 숲길을 거닐고 있지만, 마음은 어느덧 한 번도 가보지 못한 만월대의 돌기둥을 쓰다듬고 있다. 둘은 어쩐지 풍겨 나는 분위기가 동기간처럼 닮았을 것이란 생각이 든다. 그것은 수백 년 세월을 품에 안고 영욕의 역사와 함께한 한 시대의 사직의 터였다는 사실 때문인지도 모르겠다. 얼토당토않을 것 같은 두 곳의 인연을 그렇게 맺어 주고 싶은 심경이 된다.

개성의 만월대는 본시 어떤 모습을 하고 있었을까. 이름처럼 그때도 변함없이 휘영하게 보름달은 밝았을 것이고, 그 아래 궐내의 크고 작은 전각들이 한 폭의 그림같이 펼쳐져 있었으리라. 천하를 호령하던 주군의 호쾌한 웃음소리며 충성을 맹세하던 신하들의 합창 소리가 메아리 되어 아침마다 개경開京 벌을 흔들었으리라.

그런 생각도 잠시, 이내 장면은 바뀌어 '흥망이 유수하니 만월대도 추초秋草로다'라고 읊은 옛 시구에서처럼, 한때의 영화로웠을 시절은 꿈처럼 가고 스산한 바람만이 휘젓고 다닐 황량한 정경이 눈앞에 그려진다. 구름이 흘러가듯 생각의 조각들이 휠휠 상상의 날개를 달고서 아득한 저 북녘땅 고려 궁터를 오래도록 서성이고 있다.

다시 황성공원으로 상념의 채널을 옮겨 놓는다. 맨 처음 이 숲이 생기고서 떡갈나무들이 세월의 스크린에 긴긴 역사를 써 오는 동안, 대체 얼마나 많은 인생들이 잠시 손님으로 왔다 떠나간 것일까. 삼십 년을 한 세대로 쳐도 줄잡아 서른 대도 더 갈마들었을 터이고 보면, 그 세월의 깊이를 가늠하기조차 아득하다.

허허로운 마음으로 산책길을 거닐고 있노라니, 조선 선조조의 정치가이자 이름난 시인이었던 송강 정철鄭澈이 불려 나온다.

한 盞(잔) 먹새 그려 또 한 盞(잔) 먹새 그려 곳 것거 算(산) 노코 無盡無盡(무진무진) 먹새 그려 / 이 몸 주근 後(후)면 지게 우희 거적 더퍼 주리혀 매여가나 流蘇寶帳(유소보장)의 萬人(만인)이 우러 네나 어욱새 속새 덥가나모 白楊(백양) 수페 가기곳 가면 누른 해 흰 달 가는 비 굴근 눈 쇼쇼리바람 불 제 뉘 한 盞(잔) 먹쟈 할고 / 하믈며 무덤 우희 잔나비 파람 불 제 뉘우친들 엇디리

송강의 사설시조 「장진주사將進酒辭」를 나직이 읊조려 본다. 작품 속의 '덥가나모'란 시방 내 눈앞에 펼쳐져 있는 바로 이

떡갈나무가 아닌가. 그 나무를 이곳 황성공원에 와서 만나게 될 줄이야. 아름드리 떡갈나무들이 흘러간 세월을 말없이 증언해 준다.

송강은 어디서 작품 속의 떡갈나무를 보고는 이 시를 읊었던 것일까. 송강이 만났을지도 모를 그 나무를, 사백 년의 역사가 지난 지금 내가 만나고 있다. 크게 이변이 없는 한 앞으로 오십 년 혹은 백 년 후에도 나무는 여전히 살아남아 우리의 최후를 지켜볼 것이다. 오늘 이 순간을 함께하고 있는 인생들 가운데 그만한 세월 뒤에는 과연 어느 누가 생존해 있을 것인가. 이러한 생각이 가슴을 훑고 지나가자 괜스레 기분이 착잡해 온다. 우리 인생사의 덧없음을 슬퍼하며 장강長江의 무궁함을 부러워한다고 읊은 「적벽부」에서의 그 '손'의 마음이 된다. 그래서 옛사람들은 "노새 젊어서 놀아. 늙어지면은 못 노나니……"라고 하여 가는 세월의 무상함을 노랫가락에 실어 날려 보내고 싶어 했는지도 모르겠다.

훗날 어떻게 연이 닿는다면 언젠가는 꼭 한 번 개성의 만월대를 찾고 싶다. 찾아서는, 이 황성공원에 와서 불렀던 〈황성옛터〉를 다시 부르며 오늘의 감회에 젖어 보고 싶다. 그리고 어찌하여 경주와 개성 땅이 각기 그 옛날 신라와 고려라는 한 나라의 도읍지가 되어 영욕의 역사를 써 내려갈 수 있었던 것인가를 헤아려 보고 싶다.

　이따금 휘익, 휘익 소슬바람이 산책길을 쓸고 지나간다. 그때마다 단풍으로 몸단장을 끝낸 나뭇잎들은 우수수 낙엽비가 되어 흩어지고, 툭 투둑 떨어지는 도토리 소리가 천년의 정적을 깨운다.

　황성공원의 가을은 떡갈나무에 또 한 해의 역사를 새기며 그렇게 깊어 가고 있다.

죽어야 끝이 나는 병

L 씨가 갔다. 한창때는 집채만 한 황소도 번쩍 들어 올릴 수 있을 만큼 다부졌던 사람이었다. 팔씨름을 할라치면 두 명이 붙어도 당해내지 못할 정도였다. 그만큼 힘이 장사였다. 그런 L 씨가 고작 사십 대 후반의 나이로 허망하게 져버린 게다.

심한 당뇨로 오래 투병 생활을 해 온 그였다. 그런 환자가 도박에 빠져 밤마다 화투로 꼬박 지새우는 나날이 이어졌다. 노름판에서 큰돈을 날리게 되자 반 본전이라도 건지려는 욕심에 몸을 혹사했으니, 그의 요절은 예고된 것이나 다름없었다. 결국 그는 도박으로 인해 재물도 잃고, 하나밖에 없는 목숨까지 잃고 말았다. 고향의 지인인 L 씨의 소식을 전해 듣고서, 돈이라는 요물이 과연 목숨과 바꿀 만큼 중한 것이었을까 싶은 생각에 안타까운 마음이 앞선다.

불알친구인 S는 자그마한 식품공장을 운영하면서 비슷한 일을 하는 업체 사장들과 어울려 우연히 포커에 손을 대게 되었다. 처음엔 장난삼아 시작한 것이, 시간이 흐르면서 시나브로 판이 커져 도박으로 발전해 갔다. 급기야 억대에 가까운 빚을 지게 되자 뒤늦게사 정신을 차리고 수렁에서 헤어나야겠다고 결심한다. 혼자서는 그 결심이 무너질까 봐 단도박회斷賭博會에도 가입하여 같은 처지에 놓인 사람들과 아픔을 함께 나눴다. 그리고는 한동안 도박과 완전히 담을 쌓은 듯이 보였다. 하지만 제 버릇 개 못 준다고 얼마 후 또다시 예전의 습벽이 도졌고, 지금도 어디서 판이 열린다는 소리만 들리면 부나방처럼 찾아 나선다니 딱할 노릇이다.

카지노에 중독되어 전 재산을 탕진한 뒤 노숙자 신세로 전락하거나 스스로 목숨을 끊었다는 불행한 사연도 뉴스에 오르는 것을 종종 본다. 처음엔 하나같이 단순한 호기심에서 카지노를 찾는다고들 이야기한다. 어쩌다 한두 번씩 심심풀이로 들르는 경우가 대다수이다. 하지만 그 한 번 두 번의 출입이, 끝내는 나락의 구렁으로 떨어져 인생을 망치는 계기가 될 수 있는 것임을 그들은 상상이나 해보았을까. 나중에 상황이 뒤틀리고 나서 땅을 치며 후회해 본들 이미 엎질러진 물인 것을 어쩌랴.

애초 멋모르고 갔을 때는 돈을 조금 따는 수가 있다. 이 불로소득의 짜릿한 쾌감이 바로 달콤한 미끼임을 그때는 알아차리지 못한다. 조심성 없이 덥석 미끼를 무는 순간 불행은 이미 정해진 수순으로 귀결지어지게 마련이다.

누구는 손으로 화투를 만져 패가망신에 이르게 되자, 도저히 마음의 다짐만으로는 자신을 통제할 수가 없어 아예 손목을 끊어 버렸다는 소리를 들은 적이 있다. 하지만 이 없으면 잇몸으로 산다고, 자기도 모르는 사이에 손 대신 발로 화투를 만지고 있더라는 참 '웃픈' 사연도 있다. 도박을 끊는 것이 그만큼 어렵다는 사실을 방증하는 이야기일 게다.

도박으로 인생이 파탄 나지 않으려면 마약처럼 아예 처음부터 손을 대지 않는 것이 상책이다. 재미 삼아 가볍게 시작한 도박으로 돈 버리고 마침내 사람까지 버리는 경우를 우리는 주위에서 얼마나 자주 보고 듣게 되는가. 이것이 도박의 말로다. 도박의 폐해를 곰곰이 헤아려 보고 있으려니, 젊은 날의 부끄러운 기억 하나가 오락실의 두더지처럼 고개를 내민다.

이십 대 중반, 대학을 마치고 사회초년생으로 갓 발을 내디뎠을 시절이었다. 그때 당시 나는 시 외곽지의 한 사립학교에서 교편을 잡고 있었다. 새벽같이 기차 편으로 출근을 해서는 온종일 아이들과 씨름하다 느지막이 다시 기차 편으로 퇴근을 하는 지극히 단조로운 일상의 연속이었다. 그렇게 개미 쳇바퀴 돌 듯 하루하루를 보내다 보니 잡기 같은 것에는 눈 돌릴 겨를조차 없었다.

그러던 어느 일요일이었다. 역시 교사 생활을 하고 있던, 학부 시절 동기인 P와 무슨 일로인가 해서 만나게 되었다. 졸업한 뒤 처음으로 가진 해후였다. 점심이 끝나자, 그가 시내 어디에 가면 정말 기막히게 재미나는 일이 있다면서 나를 이끌었다. 나는 호기심 반 의아심 반으로 무작정 P를 따라갔다. 거기가 그때까지 이름조차 들어보지 못한 카지노라는 곳이었고, 그날 슬롯머신 기계를 처음 알았다. P가 나더러 오천 원만 내어 보라고 했다. 당시 오천 원은 지금의 돈 가치로 환산하면 대략 그 열 배인 오만 원 정도는 되지 않을까 싶다. 그는 내가 낸 오천 원에다 자기 돈 오천 원을 보태어 일만 원으로 게임을 벌였다. 나는 P의 곁에 앉아서 그가 하는 양을 무심히 지켜보고만 있었다.

채 일이십 분이나 되었을까 말까, P가 자리를 털고 일어났다. 이제 이 정도면 됐다며 흡족한 표정을 지었다. P는 하우스로 가서 코인을 반납하고 현금으로 바꾸어 왔다. 그의 손에는 일만 팔천 원이 들려 있었다. 그 짧은 시간에 일만 원의 밑천으로 팔천 원이나 불렸으니 거의 곱절로 만든 셈이 아닌가. 나는 세상에 뭐 이런 게 다 있나 싶었다. 둘은 각자 본전은 챙기고, 남은 팔천 원으로 이것저것 군것질거리를 잔뜩 샀다. 그날 P의 집으로 가서 밤이 이슥해질 때까지 먹고 노닥거리느라 시간이 흐르는 줄도 몰랐다. 이렇게 하여 내 인생의 일기장에는 두고두고 잊지 못할 추억 하나가 써졌다. 하지만, 그것이 한 달 치 봉급을 고스란히 기계한테 갖다 바치는 단초가 될 것임을 어찌 알았으랴.

P와의 만남을 가진 며칠 뒤, 겨울 방학을 맞았다. 그때나 지금이나 교사에게 있어 방학이란 얼마나 황금 같은 시간인가. 매일같이 동동거리던 생활에서 놓여나자 해방감에 들떠, 그 귀한 자기 충전의 기회를 주체하지 못하고 마음을 그만 콩밭에 빼앗기고 말았다. 팔천 원의 달콤한 유혹에 홀려 P와 둘이서 갔던 그 지하공간을 혼자서 다시 찾은 것이다. 도둑고양이처럼 몰래 숨어든 것은, 그래도 교사 신분이라는 겨자씨만 한 양심의 가책 같은 것이 내 안에 웅크리고 있었던 때문이리라.

숨을 죽이고서, 신나게 돌아가는 슬롯머신에다 눈을 박은 채 차르르 차르르 코인 쏟아지는 소리에 정신없이 빨려들었다. 운이 좋은 날은 제법 딸 때도 있었고 운이 나쁜 날은 꽤 잃을 때도 있었다. 그렇게 하루, 이틀, 사흘 되풀이되다 보니 나는 시나브로 나 아닌 나로 변해갔다. 그 나날들이 근 한 달 가까이나 이어지면서 내가 교사라는 사실도 까맣게 잊은 채 완전히 넋이 빠져나간 허깨비가 되어 있었다.

방학이 거의 끝나 갈 무렵이었다. 그때서야 어느 순간 찬물 한 바가지를 뒤집어쓴 듯 와락 정신이 차려졌다.

'지금 내가 뭐 하고 있지. 이러다가 인생 완전히 종 치는 것 아냐.'

밤이 이슥하여 터덜터덜 자취방으로 돌아왔다. 방바닥에 반듯이 누워 퀭한 눈으로 천장을 바라보았다. 지난 한 달간의 일이 주르륵 뇌리를 스쳐 갔다. 그와 때를 맞추어, 지난날 어머니가 입버릇처럼 뇌시던 한마디가 번갯불이 번쩍하듯 떠올랐다.

"남자는 이 세상에 나서 남들 하는 건 뭐든 한 번씩은 해 봐야 한다."

'그래, 무엇이든지 한 번쯤은 해보는 것도 관계찮다고 그러셨지.'

어머니의 이야기는 사람살이에서 살이 되고 피가 되는 이런저런 다양한 경험을 두고 이른 소리였으련만, 나는 당신의 그 말을 내 일탈에 끌어다 붙여 스스로의 못난 행위를 합리화하고 있었다. 그 순간 뼛속에 사무치도록 후회스러운 감정이 밀려오면서, 한편으로는 가슴을 도려내는 것 같은 결연한 각오로 입술을 깨물었다. '어쨌거나 이번 일을 앞으로의 인생에 값비싼 수업료로 삼자.' 이렇게 내면 정리를 하고 나자, 그제야 비로소 괴롭고 창피스러워 쥐구멍에라도 숨어버리고 싶던 마음의 짐을 내려놓을 수 있었다.

그날 이후 깨끗이 손을 털고 두 번 다신 도박장 같은 곳에는 얼씬도 하지 않았다. 그 뼈아픈 경험은 내 삶에 쓴 약이 되었다. 그리고는 강산이 다섯 번이나 바뀐 지금껏 젊은 한때의 빛바랜 추억으로 가슴에 고이 간직한 채 지낸다.

흔히 도박은 마약보다도 중독성이 강하다고들 이야기한다. 한번 도박에 빠지면 웬만한 결단력 아니고서는 그 수렁에서 헤어나기 힘들다. 스스로는 통제가 되지 않아 외부에 도움의 손길을 내밀기도 한다. '단도박회'라는 이름의 친목 단체가 생겨난 것도 혼자서는 도박의 끈질긴 유혹을 뿌리치기가 어려운 탓에 서로 마음을 모아 그 마수魔手에서 벗어나려는 자구책일 터이다. 밝은 내일을 향해 오늘의 어둠을 몸부림치는 그들의 눈물겨운 행보에 따뜻한 응원의 박수를 보내주고 싶다.

도박은 죽어야 끝이 나는 병이다. 불로소득의 허황된 꿈에서 깨어나 정직하고 성실하게 살아가는 것만이, 죽어야 끝이 나는 이 고질병으로 고통받지 아니하는 확실한 처방이 되리라.

　L 씨가 부디 저세상에서는 도박과 인연을 맺지 않기를……. 그의 영면을 빌면서 마음속으로 두 손을 모은다.

유능제강 약능승강

 장에 탈이 났다. 연신 싸고 토하고 싸고 토하느라 온밤 내 화장실을 들락거린 탓에 새날이 밝아왔을 때는 완전히 기진 맥진 상태가 되었다. 눈은 퀭해져 사흘간 피죽도 한 그릇 못 얻어걸린 것 같고, 다리는 풀려 연체동물처럼 흐느적거린다. 머리가 빙빙 돌리면서 빠개질 듯이 아프다. 시쳇말로 영판 죽을 맛이란 말이 이럴 때 딱 어울리는 소리일 성싶다. 가만히 되짚어 보니, 아무래도 전날 저녁때 먹은 생선회에 뭔가 문제가 생겼던 게 분명하다.

 포항 사는 지인으로부터 택배 하나가 부쳐져 왔다. 칠 학년 하고도 중반을 넘은 연치임에도 글쓰기에 남다른 열정을 불태우는 애제자다. 한평생을 후세 교육에 바치고 물러난 뒤, 창작 공부로 후반전 인생을 값지게 가꾸어 갈 동력을 얻게 되어 무척 고마운 마음을 품고 있다는 말을 여러 차례 흘렸었다. 필시 그런 감사의 뜻을 담아서 보낸 선물상자였을 터이다.

내용물이 무얼까. 설레는 기분으로 겉포장을 뜯었다. 스티로폼 상자 안이 때깔 나게 손질된 회들로 하나 가득 채워졌다. 광어에다 도다리에다 방어며 돌돔이며 전복까지. 그날 저녁, 선물해 준 분의 성의를 고마워하며 아무런 의아심도 없이 아내와 둘이서 실컷 맛나게 나눠 먹었다.

입이 호사를 누릴 때까지만 해도 좋았다. 사달은 그로부터 두어 시간 뒤 산책길에서 일어났다. 처음엔 아랫배가 무지근해지면서 살살 아프기 시작하더니, 차츰 시간이 흐를수록 쥐어짜듯 뒤틀려 왔다. 근근이 참고 참으며 집까지는 어찌어찌 무사히 다다랐지만, 화장실 문을 열고 변기에 앉기 무섭게 폭포수처럼 좌르르 쏟아지는 게 아닌가. 아무리 얼음을 듬뿍 채우고 포장을 단단히 하였다곤 해도 푹푹 찌는 한여름철임을 감안 못 한 것이 불찰이었다. 회라는 먹거리가 얼마나 변질이 일어나기 쉬운 날음식인가. 겉으로 보기엔 멀쩡한 성싶어도 이미 박테리아에 의한 부패가 진행 중이었던 상황임이 틀림없다.

만물의 영장이라고 하는 인간인 내가 한낱 미생물에 지나지 않는 박테리아에게 꼼짝없이 먹힌 꼴이 되고 말았다. 강한 것이라고 해서 영원히 강할 수는 없고 약한 것이라고 해서 영원히 약하지도 않은 법, 강함이 약함이 되었다가 약함이 강함이 되었다가 하면서 간단없이 돌고 돌아가는 것이 대우주의 엄숙한 질서인 것을……. 항시 서로 맞물려서 유전流轉하는, 뫼비우스의 띠 같은 이 모순의 섭리를 어떻게 받아들여야 할까.

어쩌다 박물관 나들이를 가는 날이면 늘 유심히 들여다보는 것이 있다. 토기와 검劍의 보존 상태다. 흙으로 빚어진 토기는 수천 년 세월에도 마치 어제 것인 양 멀쩡하다. 그에 반해 쇠붙이로 만들어진 검은 하나같이 벌겋게 녹이 슬어 바스러지기 일보 직전이다. 토기는 흙 특유의 부드러움 덕분에 기나긴 시간이 흘렀음에도 그 원모습을 고스란히 간직할 수 있었지만, 검은 쇠가 지닌 성정의 단단함으로 인해 오히려 본래의 형태를 유지할 수 없었던 게다.

칼이 처음 대장간에서 시퍼렇게 벼려졌을 때는 세상에 두려울 상대가 없는 무적의 권능을 뽐낸다. 그 앞에서는 대다수 형태 지닌 것들이 순식간에 꺾인다. 하지만 이 절대의 강자가 가장 부드러운 존재인 물을 만나면 꼼짝없이 허물어지고 만다. 그래서 음양오행에서도 수극금水剋金의 법칙으로 가르치고 있는가 보다. 이야말로 참으로 오묘한 대우주의 철리哲理가 아닌가.

태풍이 불어닥칠 때, 양버즘나무와 수양버들의 모양새를 눈여겨 살펴보라. 양버즘나무가 중동이 쉬 꺾여 버리는 데 반해 수양버들은 설사 휘어는 질지언정 웬만해서 부러지진 않는다. 수양버들의 유연함이 들어 버티어 내는 힘을 발휘하기 때문인 게다. 물은 바위에 비하면 한없이 부드러운 존재이지만, 수수만년 간단없이 떨어지는 물방울이 언젠가는 바위를 뚫을 수 있다는 사실에 방점이 찍힌다.

기원전 6세기경 도교를 창시한 인물로 널리 알려진 노자, 그런 대사상가에게 상종常樅이라는 스승이 있었다. 어느 날 노자는 스승의 임종이 가까워졌다는 소식을 듣고 한달음에 달려간다. 삶에의 마지막 가르침을 청하기 위해서였다. 스승은 자신의 입을 벌려 노자에게 보여주며 묻는다.

"내 입 안에 무엇이 보이느냐?"

노자가 대답한다.

"혀가 보입니다."

스승의 즉문은 이어지고, 거기에 노자의 즉답이 잇따른다.

"이는 보이느냐?"

"스승님의 치아는 다 빠지고 하나도 남아 있지 않습니다."

"이는 다 빠지고 없는데 혀는 남아 있는 이유를 알겠느냐?"

"글쎄요. 이는 단단한 탓에 일찌감치 빠져 버리고 혀는 부드러운 덕분에 오래도록 남아 있는 게 아닙니까?"

제자의 대답에 스승은 최후의 한마디를 다음과 같이 던진다.

"그렇지. 부드러움이 단단함을 이긴다는 것, 그것이 세상을 살아가는 지혜의 전부이니라."

『도덕경』에 나오는 이야기 가운데 한 토막이다.

스승의 마지막 말이 토해지는 순간, 나는 쇠망치로 뒤통수를 된통 얻어맞은 듯 머리가 어찔어찔해 왔다. 마치도 나를 향해서 내리치는 죽비 같았기 때문이다. 이제껏 얼마나 많은 세월을, 어쨌든지 남들보다 강해져야 한다고 안달 부리며 자신을 들볶았던가. 강한 것이 약한 것에게 꺾이고 부드러운 것이 단단한 것보다 오래 살아남는다는 상종의 유훈을 곰곰이 헤아리고 있으려니 지난날의 기억 하나가 망막에 겹쳐진다.

마흔 해 가까이 전, 학교에 처음 몸담았을 때의 일이다. 당시 담임을 맡았던 한 학생을 지금껏 잊을 수가 없다. 여인숙을 운영하며 생계를 꾸려 나간 홀어머니 밑에서 벌망아지처럼 자란 아이였다. 아이는 노상 말썽을 피웠다. 학교를 밥 먹듯이 빼먹는 데다, 걸핏하면 급우들과 다툼을 벌여 반 분위기를 흐려 놓기 일쑤였다. 그럴 때마다 나의 젊은 혈기는 다짜고짜 매부터 찾았다. 딴에는 사랑의 매라며 자신의 행위를 합리화시키고 있었다. 아이가 문제를 일으키는 횟수가 늘어나는 만큼 그에 비례하여 매의 강도는 점점 세어졌다. 하지만 그러면 그럴수록 아이는 용수철처럼 더욱더 튀었고, 반발심만 높아져 갔다. 나는 그예 두 손 두 발 다 들고 말았다.

옆 반의 나이 지긋하신 선생님은 나의 경우와는 정반대였다. 그분은 어떠한 상황에서도 절대 매를 드는 법이 없었다. 대신 나긋나긋한 혀가 매였다. 자식을 타이르는 어진 부모처럼 조곤조곤 어르고 달래는 목소리가 봄날의 산들바람 같았다. 그 선생님의 훈육 방식에 아이들이 어떻게 반응하였을 것인가는 굳이 세세한 뒷이야기가 필요치 않으리라.

지금에 와서 가만히 잘잘못을 되짚어 보니, 그 아이를 한번 사람 만들어 보겠다는 의욕만 너무 앞선 탓이 아니었던가 싶은 생각이 든다. 무작정 회초리를 드는 것이 얼마나 가당찮고 분별없는 처신이었는지 하고많은 시간이 흐르고 나서야 비로소 깊이깊이 깨달아진다. 버스 떠난 뒤에 손드는 격이니 어찌 회한이 남지 않으랴. 흉악무도한 살인귀 앙굴리말라를 귀의케 만든 비법은 부처님의 불가사의한 신통력이 아니라 당신의 넓디넓은 자비심이었던 것을……

'유능제강柔能制剛 약능승강弱能勝强'이라는 『황석공소서黃石公素書』의 글귀가 떠오른다. 나비 날개보다 가벼운 눈송이에 장정 허벅지보다 굵은 소나무 가지들이 뚝뚝 부러지는 이치를 담고 있다고 할까. 그 말의 의미가 오늘따라 더욱 진중하게 다가온다. 유능제강 약능승강의 묘리를 진즉에 깨닫고서 행동으로 옮겼더라면, 오늘 이 순간 돌이킬 수 없는 자책감으로 이렇게 가슴앓이를 하진 않아도 되리라.

요즈음 나는 이따금씩, 지나간 시절을 되돌아보며 스스로를 다스리는 연습에 마음을 빼앗기곤 한다.

계단 오르내리기

'63빌딩' 하면 한때 수도 서울을 대표하던 명물이었다. 여기에 대해선 누구도 이의를 제기하지 않을 줄 믿는다. 한강 변에 용오름처럼 우뚝 솟아 있는 마천루가 사람들의 시선을 압도한다. 한눈에 보아도 그 위세가 남산을 주눅 들게 할 만큼 당당하고 의젓스럽다.

이 건물은 계단이 과연 몇 개나 될까. 좀 생뚱맞은 질문 같지만 그게 어쩐지 자꾸만 궁금증을 불러일으킨다. 덤불이 커야 도깨비가 나온다고, 그 우람한 덩저리로 미루어 계단의 숫자도 엄청날 성싶은 생각이 든다. 내 치밀하지 못한 머리로 정확히는 알 수 없으되, 한 층당 대강 스무 단씩으로만 쳐도 줄잡아 천이백 개는 족히 되고도 남으리라.

세상의 호사가들은 별스러운 것을 다 좋아해서, 해마다 엘

리베이터 대신 계단으로 이 '63빌딩 빨리 오르기 대회'를 열고 있는 모양이다. 그 대회에서 지금까지 최고 기록을 세운 사람이 칠 분여, 시쳇말로 젖 먹던 힘까지 다해 뛰어올랐는데도 겨우 이 정도였다고 한다. 그러니 보통의 사람들로선 빨라야 일이십 분은 족히 걸리고도 남으리라. 그러니 칠 분이라는 기록은 어쩌면 인간 능력으로서의 한계치일지도 모르겠다.

이 이야기를 듣기 전까지만 해도 나는 첨단 고층 건물에는 아예 계단 자체가 없는 줄로 알았다. 초고속 엘리베이터를 이용하면 불과 몇십 초도 걸리지 않을 것을 구태여 불편한 계단은 뭣 때문에 필요할까 싶은 생각에서였다. 그런데 그런 초고층 빌딩에도 엄연히 계단이 존재하는 걸 보면, 무릇 건물에 있어서 계단은 필수의 구조물인가 보다. 평상시에는 무용지물처럼 여겨질는지 모른다. 하지만 예상치 못한 정전으로 어쩔 수 없이 다리 힘에 의지해야만 하는 불가피한 상황이 생겨날 수도 있을 것이며, 혹은 화재 같은 불의의 사고라도 일어나는 날에는 귀중한 생명을 건질 수 있는 종요로운 피난처가 된다. 이것이 계단이 지닌 미덕 가운데 하나가 아닌가 한다.

계단, 하면 제일 먼저 떠오르는 것이 절집의 돌계단이다. 일주문을 지나 대웅전으로 통하는 일백여덟 개의 돌층계는 백팔번뇌를 상징한다고 들었다. 불가의 풀이에 따르면, 계단은 목표지점에 도달하기 위해 반드시 거쳐야만 하는 고통의 과정인 셈이다. 이를테면 하나의 통과제의라고나 할까. 따라서 백팔 계단을 오른다는 것은 인간사의 온갖 번뇌를 뛰어넘어 해탈에 이른다는 의미를 담고 있다.

건축술의 발달은 예전에 비할 수 없을 만큼 계단의 숫자를 늘려 놓았다. 하늘을 찌를 듯이 건물의 층고層高가 높아가면서 그에 따라 계단의 숫자도 점점 더 불어났다. 이것은 늘어난 계단의 수에 비례해서 사람살이의 팍팍함도 그만큼 가중되어 왔음을 충분히 짐작게 하고도 남는다.

높이 올라가면 갈수록 위태로워지는 것이 계단의 속성이다. 바위산을 타고 넘어 깎아지른 절벽에 대롱대롱 걸려 있는 철제 계단의 꼭대기 지점에 한 번쯤 서 보라. 그 누구로부터도 도움의 손길을 기대할 수 없는 막막한 허공, 거기가 얼마나 위태한 곳인가는 그때 비로소 실감이 날 것이다.

비단 눈에 보이는 계단뿐이랴. 일상 속에 가로놓여 있는 하고많은 계단은 우리의 삶을 살얼음판으로 만든다. 이치가 이러함에도 사람들은 그 위태로움을 망각하고 끝없이 더 높은 곳만을 꿈꾼다. 그래서 『채근담』은 이렇게 가르치고 있는가 보다.

"높은 자리에 있을 때는 그것이 얼마나 위험한 것인지를 모른다. 그 자리에서 물러나 낮은 곳에 서 봐야 비로소 그 위험성을 깨닫게 된다."

사람들은 항용 직장에서의 고속 승진을 출세의 기준처럼 여긴다. 평사원에서 계장으로, 계장에서 과장으로, 과장에서 부장으로, 부장에서 상무로 그리고 전무로, 이렇게 보다 높은 자리, 보다 높은 단계를 위해 청춘을 바친다. 그렇게 정신없이 뛰다 보면 어느새 인생의 저물녘에 닿아 있기 일쑤다.

정말 그런 것 같다. 우리네 삶이란 어찌 보면 '간단없는 계단 오르기'라고 해도 그리 틀린 말은 아닐 것이다. 끝까지 올라 더 이상 오를 수 없는 데까지 도달한 사람도 있고, 중간 층계참에서 그치고 만 사람도 있다. 끝까지 다 올랐다고 반드시 성공한 인생이라고 할 수는 없으리라. 어디까지 올랐느냐가 중요한 것이 아니라 어떻게 올랐느냐가 더 중요하지 않을까.

'계단'이라는 글자의 앞뒤 순서를 바꾸어 놓으면 '단계'가 된다. 계단이 발을 놀려 위로 올라가야 하는 육체적 노동과 관계된 것이라면, 단계는 머리를 굴려 앞으로 나아가야 하는 정신적 노동과 관계된 것이다. 곧 계단이 수직적이고 형이하학적인 질서라고 한다면, 단계는 수평적이고 형이상학적인 질서라고 할 수 있겠다.

계단이고 단계고 가릴 것 없이 무릇 모든 일에는 순서가 있다. 이 순서를 어기면 반드시 탈이 나고 만다. 만일 그러고도 탈이 나지 않는다면 그것이 도리어 탈이 된다. 순서는 곧 질서이고, 질서는 철 따라 계절이 갈아듦과 같이 너무도 자연한 세상사의 이법이기 때문이다.

하지만 사람살이란 게 꼭 틀에 박힌 것만은 아니어서, 어찌하다 보면 비천하던 이가 갑자기 귀한 자리에 오르게 되는 수가 생기기도 한다. 운이 좋았던지, 아니면 실력 덕분인지, 하여튼 단계를 뛰어넘어 신분 상승을 이룬 경우이다.

높은 곳에 서 있는 나무가 바람을 더 타게 마련이듯이 윗자리에 올라 사람들의 우러름을 받으면 필연적으로 주위의 중상모략이 따른다. 특히나 순서를 밟지 않고 그리된 때에는 그 정도가 더욱 극심해진다. 어쩌면 자신의 타고난 오만이 불러온 결과이기도 하겠고, 아니면 남 잘되는 것을 못 봐주는 인간 존재의 본능적인 시기심과 질투심 때문이기도 하겠다.

굼벙이 매암이 되어 나래 돋쳐 날아올라
높으나 높은 남게 소리는 좋거니와
그 위에 거미줄 있으니 그를 조심하여라.

언제 누구에 의해 지어졌는지 모를 이 옛시조는 환해풍파(宦海風波)의 험난함을 저렇게 풍자하고 있다. 이것은 우리 앞에 가로놓인, 눈에 보이지 않는 계단에 대한 경계일 터이다. 우리네 인생살이의 행로에는 이처럼 형체 없는 계단이 도처에 널려 있다. 돌부리에 걸려 넘어지면 단단히 욕을 보듯 계단을 헛디며 고꾸라지면 큰 화를 당한다. 한 발 한 발 조심조심 밟고 올라가는 신중함이 세상사의 파고를 헤쳐 나가는 지혜 아닐까.

계단은 올라가기 위해서만 있는 것은 아니다. 내려가기 위해서 있는 것도 또한 계단이다. 올라가는 계단도 물론 그러하려니와 내려오는 계단은 더더욱 위험하다. 각별한 주의를 기울이지 않으면 실족을 하기가 십상이니까.

여든이 훌쩍 넘은 어느 재벌 그룹 총수가, 자신의 막내딸보다 어린 묘령의 여성과 염문을 뿌리고 다니다 급기야 재산 분할 소송에 휘말려 톡톡히 망신을 당하게 되었다는 사연이 인구에 회자하고 있다. 내려오는 계단을 잘못 디뎌 낭패를 본이 잘못된 만남의 예화를 누구 없이 타산지석으로 삼아도 좋으리라.

사람은 모름지기 계단을 오르내릴 때 발을 헛디디지 아니하도록 조심에 조심을 거듭할 일이다. 한 층계, 한 층계 단계를 밟아가는 성실한 자세로 세상을 살아갈 일이다.

〈동숙의 노래〉, 그 사랑학적 고찰

대중가요 가운데는 숨은 사연이 깃든 노래들이 의외로 많다. 그중 애틋한 사랑과 실연의 아픔이 담겨 있는 경우가 주를 이룬다. 한산도 선생이 작사하고 백영호 선생이 작곡한 불후의 트로트 가요 〈동숙의 노래〉도 그런 부류의 하나이다. 그 슬프고도 애달픈 이야기는 대강 이러한 비화를 간직하고 있다.

가난한 농부의 딸로 태어난 동숙은 초등학교도 마치지 못한 채 서울로 올라와 구로공단 가발공장에 다니고 있었다. 동생들 학비와 가사에 보탬이 되라며 월급은 최소한의 생활비만을 남기고 시골 부모에게 모두 내려보낸다.

그러기를 십여 년, 이제 시골집 생활이 많이 나아졌다 싶었을 때 문득 자신을 돌아보았다. 동숙은 이미 서른에 가까운 노처녀가 되어 있었고, 그래서 지나간 세월이 아쉬웠다. 이제 자신을 위해 투자하기로 결심한 그녀는 검정고시 준비를 한다. 대학에 들어가 글을 쓰는 국어 선생님이 되고 싶었던 게다. 그래서 종로에 있는 중앙검정고시학원에 등록하고 열심히 공부한 끝에 중학교 졸업 자격을 얻는다.

그러던 그녀에게 변화가 생긴다. 자신을 가르치는 총각 선생을 향한 사모의 감정이 싹튼 것이다. 착하고 순진한 동숙은 선생의 자취방까지 찾아가 밥도 해주고 옷도 빨아 주며 여자로서의 행복을 느낀다. 거기다 장래를 약속하며 몸과 마음 그리고 돈까지도 그에게 모두 바친다.

그렇게 사랑을 키워가던 중 뜻하지 않게 가발공장이 전자산업에 밀려 감원을 하더니 결국 부도로 이어진다. 갑자기 직장을 잃은 그녀는 등록비 때문에 학원도 나가지 못하는 불쌍한 처지가 되고 만다. 하는 수 없이 부모의 도움을 얻으려고 시골집에 내려간다. 공부를 하도록 돈을 좀 마련해 달라고 요구하지만, 부모는 한마디로 거절해 버린다.

"야야, 공부는 무신 공부냐. 여 있다가 고마 시집이나 가거라."

동숙은 자신의 마음을 몰라주는 부모를 원망하며 눈물을

머금고 서울로 돌아온다. 십 년 동안 가족을 위해 희생했던 그녀에겐 부모가 너무도 야속했다. '어떻게 만난 사랑인데' 하며 그녀는 그를 놓칠 수가 없었다. 친구한테 어렵게 돈을 빌려 학원에 다시 등록한다. 그러나 그녀에게는 청천벽력과도 같은 소식이 기다리고 있었으니…….

"니 여태 몰랐나? 박 선생은 약혼자도 있고 이번에 결혼한 다 카더라. 순전히 니를 등쳐 먹은 기라, 가시나야."

친구가 전해준 소식에 동숙은 까무러칠 지경이 된다. 제발 사실이 아니기를, 한바탕 꿈이기를 간절히 바랐다. 그를 만나서 확인하고 싶었다. 하지만 그는 마음이 이미 싸늘하게 식어 있었다.

"너와 난 그냥 학생과 제자 사이야. 내가 어떻게 너를……. 그리고 네가 좋아서 날 따라다녔지. 고등학교 검정고시나 잘 보라구."

"그래예, 그라마 알았심더." 더 이상 긴 이야기는 필요 없었다. 이미 철저히 농락당한 여자임을 깨닫게 된 동숙은 복수의 칼을 품는다.

동생들과 부모에게 늘 희생만 하고 그렇게 살아온 그녀는 "어차피 내 인생은 이런 거야" 하며 비탄에 잠긴다. 그리고는 동대문시장에서 흉기를 구해 가슴에 품었으니…….

다음 날 수업 시간, 선생이 칠판에 필기를 막 끝내고 돌아서려는 찰나 "이 나쁜 놈!" 원한에 찬 동숙은 그의 가슴에 복수의 비수를 꽂는다. 순식간에 일어난 일이었다. 박 선생의 비명소리에 교무실에서 동료 선생들이 달려오고 그는 병원으로 실려 간다. 경찰에 붙들려 와 조사를 받으면서 동숙의 뺨에는 주체하지 못하는 눈물이 흐른다.

"어찌 됐어요. 형사님! 모든 게 제 잘못이에요. 제발 선생님을 살려 주세요."라고 애원한다. 자신을 탓하면서 선생님 안부를 더 걱정하지만, 동숙은 결국 살인죄로 영어의 신세가 된다.

가난 때문에 자신은 돌아보지 않고 오로지 가족만을 생각하며 살아온 그녀. 뒤늦게 얻은 사랑을 지키지 못하고 살인이라는 비극으로 끝나고 만 기막힌 이 이야기가 한 여성 주간지 생활 수기 공모에 당선되어 활자화되었고, 그때 당시 수많은 사람의 심금을 울렸다.

〈동숙의 노래〉에 그처럼 슬픈 사연이 숨어 있는 줄은 미처 몰랐었다. '동숙'이라는 여인이 실존 인물이었다는 사실도 비로소 알았다. 그러면서 내 무지가 잠깐 부끄러웠다. 죄는 미워도 사람은 미워하지 말라는 말이 있던가. 누구라도 그런 상

황에 처하면 그녀처럼 행동할 수 있을 것 같겠다 싶은 동정심
이 들었다. 하지만 한편으로는 조금만 더 사려가 깊을 수는
없었을까 하는 아쉬운 마음도 없지 않다.

언제나 감정이 앞서면 일을 그르치고 만다. 그 안타까운 사
연 또한 끓어오르는 감정이 이성적 판단을 눈멀게 하여 초래
된 비극적인 결말이 아닐까. 불타는 복수의 에너지를 슬기롭
게 승화시켰더라면 결과는 백팔십도로 달라졌을 것이다. 어
쩌면 백합꽃처럼 아름다운 한 편의 순애보가 되었을지도 모
를 일 아닌가.

우리는 차원 높은 사랑의 본보기를 김소월의 「진달래꽃」에
서 찾기도 한다.

"나 보기가 역겨워 가실 때에는 말없이 고이 보내 드리오
리다."

이 한 줄의 시구에서 목련꽃 같은 순백의 사랑을 본다.

진정한 사랑은 집착執着으로 얽어매는 것이 아니라 무착無着
으로 놓아주는 것이라는 말이 있다. 집착은 복수심을 부른다.
여인이 한을 품으면 오뉴월에도 서리가 내린다고 했다. "참된
사랑은 희생과 헌신이다." 지난날 학부 시절의 한 은사님은
우리에게 고귀한 사랑에 대하여 이렇게 가르치셨다. 은사님
말씀의 참뜻이 그때는 별반 와 닿지 않았다. 세월이 흐르면서

한 살 두 살 나이를 먹어 갈수록 그 진정한 의미가 깊이깊이 되새겨진다.

자기희생으로써 사랑하는 대상의 행복을 빌어 주는 것, 이것이 더욱 큰 사랑을 만드는 힘이 아닐까. 〈동숙의 노래〉는 내게 그 화두를 던져 준다.

독서도

"많이 읽어라, 그러나 많은 책을 읽지는 마라.(Read much, but not many books.)"

한 일간지 단평란에서 우연찮게 발견한 칼럼의 글귀가 눈길을 사로잡는다. 칼럼의 필자는 벤저민 프랭클린이 생전에 남긴 불후의 명언으로 소개해 놓았다. 언어유희를 즐기듯, 앞뒤 구절의 낱말들을 서로 모순되어 보이게 얽어 짠 프랭클린의 한마디가 오늘따라 심장하게 다가온다.

영어 원문 가운데서 유독 'much'와 'many'에 줄곧 생각이 머문다. 복수로 쓰일 수 없는 much와 복수로 쓰이는 many의 차이에서, 책을 많이 읽기는 하되 무조건 많은 책을 읽으려 하지 말고 가려서 읽으라는 것이 행간에 숨겨진 의미임을 알아차린다.

세상에는 양서도 많지만 악서도 그에 못지않게 많다. 덮어놓고 읽는 것은 오히려 읽지 아니함만 못하다. 양서는 피가 되고 살이 되어 우리의 영혼을 살찌우지만, 악서는 사람의 마음을 어지럽히고 세상을 부패케 만드는 독소로 작용하기 때문이다.

불현듯 프랭클린의 명언을 인생살이의 교분으로 환치시켜 보고픈 충동을 느낀다. 둘 사이에 유비類比가 서로 썩 어울림직 하다는 전제를 세우고 들어간다면, 대강 다음과 같은 이야기쯤이 될 것 같다.

'많이 사귀어라, 그러나 많은 사람을 사귀지는 마라.'

이래 놓고 보니 이 말은, 사람을 사귀되 어중이떠중이 덮어놓고 사귀지 말고 진정 사람다운 사람을 깊이 있게 사귀라는 의미로 받아들여질 수 있겠거니 싶다.

세상에는 발걸음에 차이는 것이 사람이지만, 따지고 들어가면 사람다운 사람은 그 가운데 얼마나 될까. 선한 사람도 많지만 악한 사람도 그에 못지않게 많다. '근주자적 근묵자흑 近朱者赤 近墨者黑'이라고 했다. 주사朱砂를 가까이하면 붉게 되고 먹을 가까이하면 검게 된다는 가르침 아닌가. "까마귀 싸우는 골에 백로야 가지 마라"라고 읊은 옛시조도 벗을 사귐에 있어서 경계심을 늦추지 말라는, 같은 아포리즘일 터이다.

　사람이 지구별 여행을 끝내고 세상을 떠날 때, 옆에 단 한 명의 친구만이라도 있다면 그 사람의 인생은 성공한 것이라고 한 금언을 떠올려 본다. 친구가 아무리 많다 한들 하나라도 제대로 된 친구가 없다면 그는 인생을 잘못 살았다는 평가를 면키 어려우리라.

　오늘 같은 날이면, 지금껏 수십 년 세월 동안 그리 적달 수 없는 책을 읽었으되 과연 얼마만큼 가려서 읽었는지 새삼 되돌아보게 된다. 육십갑자가 넘도록 살아오면서 이런저런 친구를 사귀었으되 그 가운데 정작 몇이나 제대로 사귀었는지 곰곰이 되짚어 보게도 된다.

　아무리 생각에 생각을 거듭해도 영 자신이 서지 않는다. 나의 독서도讀書道 그리고 교우도交友道는, 모르긴 모르지만 그예 실패작으로 끝나고 말 것 같은 예감이 든다. 이제까지의 부끄러움에다 또 다른 부끄러움들을 보태게 될 판이다.

　사람살이, 이래저래 참 호락호락하지 않은 화두다.

한순간을
못 참아서

한순간을 못 참아서

또다시 안타까운 소식이 전파를 탔다. 몇 달 전엔 구미의 한 원룸에서 청춘남녀의 집단 자살 사건이 일어나 사회적으로 큰 충격을 던지더니, 이번엔 서울의 어느 여자고등학교 학생 두 명이 고층 아파트 옥상에서 몸을 날려 함께 스스로 목숨을 끊었다는 가슴 아픈 뉴스가 세상을 뒤흔들었다. 왜, 무슨 억하심정의 사연이 있었기에 꽃다운 삶을 그리 허망하게 마치고 말았는가. 이 비극적인 사건들을 접하면서, 오늘날의 생명 경시 풍조에 마음 한켠이 착잡해져 온다.

요즈음 사람들은 내남없이 성정이 너무도 조급한 성싶다. 모든 것이 즉흥적이다. 쉽사리 만나고 쉽사리 헤어진다. 금세 달아올랐다 금세 식어 버린다. 도무지 진득하게 참아 낼 줄 모르고 걸핏하면 극단적 선택으로 생을 마감하는 충동적인 행동을 벌인다. 어쩐지 문명과 인내심 사이에는 정확히 반비례 관계가 성립되는 것 같다. 참 희한하게도, 문명이 발달하면 할수록 인내심은 점점 더 떨어져 가는, 둘 사이의 확연한 인과성이 느껴지기 때문이다.

급속도로 늘어난 전자기기의 영향 탓이라는 생각을 떨쳐버릴 수가 없다. 특히 스마트폰의 일상화는 사람들의 진중하지 못한 성향에 불을 댕겼다. 가벼운 손동작 한 번으로 순간순간 획획 스쳐 지나가는 화면에 익숙해지다 보니, 자신도 모르는 사이에 가슴이 가을 낙엽처럼 메말라 버렸다. 속도가 조금만 느리다 싶으면 안절부절못하고 조급증을 낸다. 잠시를 참지 못해서 일어나는 사건 사고가 수직 상승 그래프를 그리고 있다. 반박자만 마음의 여유를 가졌더라면 일어나지 않았을 불행한 일들이 태반이고, 한순간의 끓어오르는 분노심 때문에 저지르게 되는 범법 행위가 대다수이다. 그래서 우리 속담에 참을 인忍 자 세 번이면 살인도 면한다고 했는가 하면, 부처님도 삼독三毒 가운데 하나인 진심瞋心, 곧 성내는 마음을 경계한 것인가 보다.

국문학자 조윤제 선생은 생전에 한민족의 성향을 '은근과 끈기'라고 설파했었다. 은근한 정과 진득한 끈기야말로 세상에 드러내 자랑할 만한 우리의 특징적인 민족성이라고 보았던 게다. 이 같은 주장은 불과 수십 년 전까지만 하더라도 틀

린 소리가 아니었다. 우리는 세계 어느 나라, 어떤 민족보다
도 느긋한 성정과 여유로운 마음을 지녔었다. 애절한 민요의
가락만 하여도, 유장한 시조창의 음률만 보아도 얼마나 은근
과 끈기의 정서가 핏속에 흐르고 있었던 민족인지 충분히 미
루어 알 만하지 않은가.

그랬던 것이, 1960년대 들어와 '우리도 한번 잘살아 보세'
를 기치로 내세우고 경제개발에 박차를 가하면서부터 상황은
백팔십도 뒤바뀌어 버렸다. 하루가 다르게 사는 형편들이 나
아가고 생활 방식이 편리해지면서, 아이러니하게도 우리는
그만 은근과 끈기라는 이 소중한 정신적 자산을 도둑맞고 만
것이다. 요릿집에서 음식을 주문해 놓은 뒤 진득하게 기다릴
줄을 모른다. 조금만 늦게 나온다 싶으면 그새를 못 참아서
고래고래 고함을 질러댄다. 불과 몇십 년 전까지만 해도 듣기
도, 보기도 어려웠던 '충동조절장애'라는 병명의 정신질환자
가 날이 갈수록 급증하는 추세다.

우리 옛 조상들은 지금과는 완전히 딴판이었다. 시간이라
는 무형의 기운에 지배당하지 않고, 오히려 그 시간을 조종하
려 들었을 만큼 참으로 여유작작한 성정을 지녔었다. 다산 정
약용 선생이 시 짓기 모임의 규약으로 쓴 '죽란시사첩竹欄詩社帖'
만 보아도 당시 사람들의 한유로웠던 내면 정서를 충분히 읽

어내고도 남을 만하다.

"살구꽃이 처음 피면 한 번 모이고, 복사꽃이 처음 피면 한 번 모이고, 한여름 참외가 익으면 한 번 모이고, 서늘한 초가을 서지西池에 연꽃이 구경할 만하면 한 번 모이고, 국화꽃이 피면 한 번 모이고, 겨울이 되어 큰눈 내리는 날 한 번 모이고, 세밑에 화분의 매화가 꽃을 피우면 한 번 모이기로 한다."

참으로 기품 있고 낭만 넘치는 세상살이의 자세였다는 생각이 든다. 시간에 쫓기거나 서두르는 기색 같은 건 아예 눈 닦고도 찾으려야 찾아볼 수가 없다. 천지자연의 질서란 항시 변화무쌍한 것이기에 해마다 처음 살구꽃 피는 날, 처음 큰눈 내리는 날이 따로 정해져 있지는 않을 터. 그저 흐르는 세월에 내맡겨 풍류를 즐길 뿐이다.

"이 또한 지나가리라"라고 한 솔로몬 왕의 명언을 떠올린다. 한시를 참으면 백날이 편하다는 말이 있지 않은가. 아무리 불같이 끓어오르는 심사일지라도, 그 순간만 슬기롭게 넘기면 힘겨운 일은 지나가고 마음의 평화가 찾아오게 마련이다.

지금 우리의 현실은, 참을성이라는 '마음근육 키우기' 훈련이 절실히 요청되는 시점에 와 있다.

한 마디 말이, 한 줄 글귀가

근처 음식점에서 점심을 끝내고 사무실로 돌아오는 중이었다. 무심코 길가 쪽으로 눈길을 주는 순간, 담벼락에 붙은 하얀 종이쪽지 하나가 와락 시선을 끌어당겼다.

"이곳에 쓰레기 버리는 인간은 인간쓰레기다."

'쓰레기 버리는 인간'과 '인간쓰레기', 낱말들의 자리를 앞뒤로 바꾸어 놓음으로써 강한 주시 효과를 거두고 있다. 촌철살인의 기발한 발상에 탁 무릎이 쳐졌다. 얼마나 부아가 치밀었으면 이처럼 칼날 같은 낱말들을 갖고 왔을까. 모르긴 몰라도, 글귀의 주인은 평소 도둑고양이처럼 몰래 쓰레기를 갖다버리는 양심 불량자들 때문에 여간 골머리를 썩여 오지 않았음이 틀림없다. 벽보로 분노의 감정을 표출하기에 이르기까지 그동안 갖은 수단, 오만 방법을 다 동원해 보았으리라.

그럼에도 오불관언吾不關焉, 도무지 쇠귀에 경 읽기였던 모양이다. 그 심정 백번 이해가 가고도 남는다.

하지만 그런 생각도 잠시, 돌아서서 찬찬히 헤아려 보니 조금 걸러진 표현을 쓸 수는 없었을까, 아쉬운 마음이 고개를 든다. 한편으론 오죽했으면 싶은 동정심이 일면서도, 다른 한편으론 아무리 그렇지만 예의 종이쪽지 속 글귀는 너무 지나친 것 같아 거부감이 느껴지기도 한다.

쓰레기를 무단 투기한 당사자가 그 저주에 찬 벽보를 발견하게 된다면 과연 어떤 반응을 보일까. 우리 속담에 뭐 뀐 놈이 성낸다고, 마땅히 손가락질받을 만한 스스로의 행위는 돌아볼 생각을 않고 도리어 목에 핏대를 세울지도 모를 일이다.

'인간쓰레기라며 독한 말을 내뱉는 네놈이야말로 정작 쓰레기인간이다.' 만일 이런 식으로 나온다면 양쪽 다 어지간한 위인들이겠거니 싶다. 서로가 그 나물에 그 밥인 셈 아니겠는가.

저주는 본시 보복의 속성을 지녔다. 남에게 저주를 퍼부으면 그것이 거꾸로 저주의 독화살이 되어 자신에게로 되돌아오게 되어 있다. 담벼락의 글귀를 만나는 순간, 여러 해 전부터 해결 방안을 찾지 못해 고심하고 있는 문젯거리 하나가 또다시 불쑥 고개를 든다.

걸핏하면 폐비닐이며 플라스틱 같은 유해 물질을 아무런

죄책감 없이 소각하는 동네 사람 몇몇 때문에 골머리를 앓아 왔다. 코의 점막을 자극하는 역한 냄새도 냄새려니와, 무엇보다 환경호르몬인 다이옥신이 나와서 인체에 치명적인 해악을 끼친다고 널리 알려져 있기 때문이다. 이곳에 쓰레기를 버리는 인간은 인간쓰레기다. 나 자신을 돌아보게 만드는 예의 그 글귀에 뒤통수가 근질거린다. '담배 사 피우고 술 사 마시는 돈은 아깝지 않고 고작 몇 푼 안 하는 쓰레기봉투 구입하는 돈은 아까워서 생활쓰레기를 마구잡이로 태워버리는 쓰레기 같은 인간들', 마음속으로 이렇게 가시 돋친 독설을 쏘아 대었던 지난 시간들이 뉘우쳐진다.

말은 인격의 잣대가 된다고 했던가. 자기가 뱉은 말이 자신에게로 되돌아와서 스스로의 인격을 갉아먹는다. "여기에 쓰레기를 버리지 마세요. 당신이 쓰레기 취급받습니다." 이 정도 수위의 표현이었으면 어땠을까. 이런 생각을 하고 있으려니 문득 옛날이야기 한 토막이 뇌리를 스친다.

조선 시대 때, 성이 박씨라는 것만 알려진 나이 지긋한 백정이 장터에서 푸줏간을 열고 있었다. 어느 날 젊은 양반 두 사람이 거의 같은 시간에 박 씨의 가게로 고기를 사러 왔다. 그중 한 양반은 "어이, 여기 고기 한 근"하고 퉁명스런 어투로 말했다. 아시다시피 그 시대는 백정이라면 천민 중에서도 가장 낮은 계층이 아니었던가. 그래, 백정이라며 얕잡아보고 그렇게 반말을 한 것이다. 반면에 다른 한 양반은 "박 서방, 나도 고기 한 근 주시게"라며 살가운 목소리로 주문을 넣었다. 비록 천민 신분이긴 하지만 연만한 어른한테 함부로 하대를 해선 안 된다는 생각에서였다.

잠시 후, 두 사람이 건네받은 고기의 양은 근 배 가까이나 차이가 났다. 다만 출신이 낮을 뿐이지, 그렇다고 해서 배알까지 없으란 법은 없지 않은가. 자기를 대접해 주는 점잖은 양반에게 박 씨의 마음이 더 갔던 건 인지상정이리라.

먼저 온 양반이 추궁하듯 따져 물었다. 상것 주제에 사람 두고 차별을 한다 싶어 고깝게 여겨졌던 게다.

"야 이놈아! 같은 한 근인데도 왜 저 사람 고기는 저렇게 많고 내 고기는 이렇게 적으냐?"

그 다그침에 백정은 난감한 상황을 기발한 대답으로 비켜 간다.

"예, 그야 손님 고기는 '어이'가 자른 것이고 저 어르신 고기는 '박 서방'이 자른 것이니까요."

거드름 피우는 양반을 향해서 던진 백정의 통쾌한 응수에 세상사로 찌든 가슴속 체증이 시원스럽게 뚫리는 기분이다. 일본의 어느 작가는 지극히 무심해 보이는 물조차도 자신을 나쁘게 말하는 소리를 들려주면 결정이 일그러진 형상으로 나타난다는 주장을 펼치지 않았던가. 비록 무정물일지라도 그러하거늘, 하물며 만물의 영장이라고 일컬어지는 인간에게 있어서랴.

한 마디 말이 천 냥 빚을 갚게도 하고 서로 원수 사이로 만들기도 한다. 한 줄 글귀가 멀쩡한 사람을 죽일 수도 있고 사지에 내몰린 사람을 살릴 수도 있다. 내가 남을 위해 줄 때 남도 나를 위하게 되는 것이 아닐까. 무릇 모든 사람의 의식의 밑바닥에는 타인에게 존중받고 싶은 열망이 깔려 있기 때문이다.

감정을 자극하면 반감을 사게 되지만, 감성에 호소하면 마음을 움직이게 된다. '이렇게 해라' '저렇게 해라' 하는 명령조나 지시형보다는 '이렇게 하는 것이 어떻겠어?' '저렇게 하는 것이 좋을 성싶은데' 하는 청유형 내지는 권면형이 훨씬 더 설득력이 크다는 사실을, 지난날 아이들을 키우면서 알았다.

"성 안 내는 그 얼굴이 참다운 공양구요 부드러운 말 한 마디 미묘한 향이로다……."

문수사리 보살님의 게송을 염송하노라니, 스스로의 지난날들이 돌아다 보여서 새삼 낯이 화끈거려 온다.

아이들은 아이들다워야

트로트 열풍이 온 나라를 휩쓸고 있다. 한 종편 방송에서 기획한 〈미스트롯〉이라는 프로가 폭발적인 인기를 누리며 막을 내리자, 다른 방송사들도 다투어 어슷비슷한 이름으로 트로트 열풍에 불을 지피는 형국이다. 출연자들은 대다수가 어른이지만, 개중에는 아이들도 어른들 틈에 끼어서 재주를 뽐낸다. 한편으론 귀엽기도 하고 한편으론 맹랑하다 싶기도 하다. 그런 모습을 어른들은 마냥 재미있다며 넋을 놓고 바라본다.

가수는 자신이 부른 노래의 가사처럼 인생이 그렇게 흘러간다는 말이 있다. 비련의 노래를 자주 부르다 보면 결국 실연의 아픔으로 이어지게 되고, 죽음의 노래를 자꾸 부르다 보면 끝내 스스로 세상을 등지는 수가 많다는 것이다. 같은 이치로, 아이가 '아이노래'를 부르지 않고 계속 '어른노래'를 부르게 되면 시나브로 되바라져 갈 수밖에 없다.

"날아라 새들아 푸른 하늘을 달려라 냇물아 푸른 벌판을……" "마음을 열어 하늘을 보라 넓고 높고 푸른 하늘 가슴을 펴고 소리쳐 보자 우리들은 새싹들이다" 아이들의 입에서 더 이상 이런 밝고 맑고 진취적인 노래가 불리어지지 않는다. 만날 "사랑이 야속하더라 가는 당신이 무정하더라……"라든가 "사랑 사랑 누가 말했나……" "사랑을 주고 사랑을 받고 그 밤이 좋았네 사랑 그 사랑이 정말 좋았네" 온통 이런 유의 값싼 '사랑 타령' 일색이다.

어른스럽다고 하는 말이 있다. 이 말은 아이가 생각이 깊고 의젓하다는 의미를 지닌 용어이다. 이는 어른처럼 영악하다는 뜻이 아니다. 순수성을 잃은 어른 같다는 뜻도 아니다. 어른들의 노래를 멋도 모르고 불러 대는 아이들의 행동은 절대 어른스러움이라 할 수 없다. 그냥 어른 같음일 뿐이다. 어른들은 아이들의 이런 어른 같은 모습에 침을 질질 흘리면서 "잘한다" "잘한다"며 박수를 쳐 댄다. 참 한심스럽고도 서글픈 사회현상이 아닐 수 없다. '어른스러움'은 긍정의 어감으로 쓰이는 말인 반면, '어른 같음'은 부정의 어감을 지닌 말이 아니던가.

신라의 향가인 〈안민가安民歌〉에 보면 "임금은 임금답게, 신하는 신하답게, 백성은 백성답게"라는 구절이 나온다. 반복적인 표현은 항용 강조의 뜻으로 쓰이는 기법이니, 자연 '답게'라는 말에 방점이 찍힌다. 이는 마땅히 각자가 자신의 역할에 충실할 때 세상이 제대로 돌아간다는 소리일 터이다.

모름지기 어른은 어른다워야 하고 아이는 아이다워야 할 것이다. 어른들이 어른답게, 아이들이 아이답게 행동할 때 세상은 질서가 잡히고 건강성을 지켜나갈 수 있기 때문이다. 어른이 아이 같다면 한편으로는 순진하다는 말을 들을 수도 있겠지만, 다른 한편으로는 몽매하다는 소리를 들을 수도 있다. 마찬가지로 아이가 어른 같다면 한편으로는 의젓하다는 말을 들을 수도 있겠지만, 다른 한편으로는 의뭉스럽다는 소리를 들을 수도 있지 않겠는가. 어른이 어른다운 무게감을 잃으면 더 이상 어른이라고 할 수 없듯 아이가 아이다운 순수성을 잃었을 때 과연 아이라고 부를 수 있을까.

다만 문제는 이것이 아이들 자신의 잘못이 아니라는 데 있다. 아이들은 아직 세상사에 대한 사리 판단이 미성숙한 백지 같은 존재가 아닌가. 그러니 이는 전적으로 분별없는 어른들 탓이다.

아이들을 아이들답지 못하게 만들고 있는 오늘의 세태가 서글프다.

과유불급

"풍속에 노래하고 춤추며 술 마시기를 즐긴다."

중국 고대의 역사서인 『삼국지』의 「위지_{魏志} 동이전_{東夷專}」에는 우리 민족의 성향에 대한 기록을 이렇게 남겨 놓았다. 중학 시절 한국사 시간에 배운 이 구절이, 사십여 년의 세월이 흐른 지금까지도 기억 속에서 떠나질 않는다. 그 기억은 한동안 의식의 밑바닥에 깊숙이 잠재워져 있다가도, 이따금씩 어떤 계기만 주어지면 마치 무슨 주문처럼 불쑥불쑥 되뇌어지곤 한다.

예의 이 문헌상 사료_{史料}로 미루어 보더라도 예부터 우리는 술과 노래와 춤을 유달리 좋아했던 민족인 모양이다. 술 마시는 것이야 또 그렇다 쳐도, 춤추고 노래 부르기를 좋아한다는 말은 어찌 그리 정확히 보았던가 무릎이 쳐진다. 관광버스 안

중년 남녀의, 노래에 곁들인 질펀한 광란의 춤판을 단 한 번만이라도 목격한 적이 있다면 굳이 구구한 사설이 필요치 않으리라. 술을 마시니 자연스럽게 노래가 불리어 나오고, 노래를 부르다 보면 저절로 신명이 올라 춤으로 연결되게 마련이다. 그리 따지면 술과 노래와 춤, 이 셋은 떼려야 뗄 수 없는 상관성을 지니고 있지 않나 싶다.

"술 마시고 노래하고 춤을 춰 봐도……"

반세기 전, 한국 포크 음악의 선구자로 일컬어지는 가수 송 아무개가 불러 세인들로부터 폭발적인 인기를 끌었던 〈고래 사냥〉이라는 대중가요가 생각난다. 지금은 흑백사진 속 풍경처럼 빛이 바래고 말았지만, 그래도 여전히 기성세대들에게는 아련한 추억을 자아올려 주는 노래이다. 〈고래 사냥〉이 그런 정서를 불러일으키는 까닭은, 그것이 술과 노래와 춤이라는 노랫말로, 잃어버린 젊은 날의 감성을 자극하기 때문이 아닌가 한다. 그 유행가 가사에서처럼, 술 마시고 노래 부르며 춤을 추는 일은 그야말로 절묘한 삼박자다. 이 세 요소는 서로 어우러질 때 시너지 효과를 내면서 가슴에 불을 지른다.

노래도 부르지 않고 춤도 추지 않으면서 술만 홀짝홀짝 마시는 사람이 있다. 그런 사람을 보면 무언지 모를 수심愁心을 품속 깊이 간직하고 있는 것 같아 괜스레 측은한 마음이 든다. 술도 마시지 않고 노래도 부르지 않으면서 춤만 추는 사람도 있다. 그런 사람을 대하면 위인爲人이 어쩐지 경망스러워 보인다. 무슨 신명이 나서 저러나, 하는 의구의 눈초리를 피할 수 없다. 술도 마시지 않고 춤도 추지 않으면서 노래만 부르는 사람도 있다. 그런 사람을 만나면 무슨 기분으로 노래가 나오는가 싶어 참 청승맞게 느껴진다. 술을 먹은 뒤 노래를 부르고, 노래를 부르다 더욱 흥이 오르면 덩실덩실 춤으로 옮아가는 것이 대체로 정해진 순서일 것이다.

서로 마주한 자리에서, 술이 한잔 들어가지 않고선 아무래도 영 맨송맨송해서 멋쩍다. 사람과 사람 사이의 교분을 트는 데는 술보다 좋은 것이 없을 성싶다. 여기에 노래가 따르고, 거기에다가 춤까지 곁들이면 마음의 벽은 쉽사리 허물어진다. 이것이 술과 노래와 춤이 가진 요상스런 마력일 터이다.

실에 바늘 가듯 음주가무飮酒歌舞에 다시 한 가지가 더 따라붙는다면, 그것은 곧 남녀 간의 사랑놀음이 아닐까 한다. 외간 남자가 낯선 여자를 호리는 데 있어 술과 노래 그리고 춤이 끼어들지 않고는 성사되기 어렵다. 꼭 세 가지까지는 아니더라도, 그 가운데 술과 춤 정도는 반드시 필요하리라. 여자들이란 대개 술에도 약하지만, 특히 춤에 약한 존재인 것 같다. 서로 손을 맞잡은 채 춤의 쾌락 속으로 빠져들다 보면 자연스럽게 다른 부위의 신체 접촉으로 이어지고, 그러다 자신도 모르는 사이에 몸가짐이 흐트러지게 되는 것은 필연적인 수순이다.

타고난 난봉꾼들은 이러한 상황을 노리고서 하이에나처럼 집요하게 유혹의 손길을 뻗쳐 온다. 처음에는 잔뜩 경계심을 품었던 여자들도 아편에 마취라도 된 듯 시나브로 허물어진다. 아니, 애초부터 무너져 내리고픈 마음에 못 이긴 척 은근히 접근해 오는지도 모른다. 그러니 사달은 이미 예고되어 있는 것이나 마찬가지다. 개미가 달콤한 꿀을 먹으려다 그만 꿀단지에 빠져 비명에 횡사하듯, 여자들도 불장난의 황홀한 맛에 취하다 마침내 헤어날 수 없는 수렁으로 빠져들어 일신을 그르치고 만다.

우리는 예의 그 문헌상 기록에 기대어 "발랄하고 낙천적이며 여유작작한 민족성" 운운하며 자랑삼아 떠벌리길 좋아한다. 참으로 민망스러운 일이 아닐 수 없다. 그들이 뭐가 아쉬워서 타민족을 그리 추어올려 놓았을까. 시쳇말로 착각은 자유라지만, 착각도 이만저만한 착각이 아니다. 술 마시고 노래 부르고 춤추기를 즐기는 것이 무에 그리 대수이더란 말이냐. 자랑은커녕 외려 부끄러워해야 할 행실인지도 모른다. 고구려인을 두고 "성깔이 흉포한 도적 떼 같다"고 빗대 놓은 것이라든가, "여름에는 옷도 제대로 걸치지 않고 거의 벗고 다니는가 하면, 겨울에는 몸에다 돼지기름 바르고 돼지가죽 뒤집어쓰고, 집 안 한가운데다 화장실을 두고 소변으로 세수를 하며……"라고 한 또 다른 기록들이 이를 여실히 방증하지 않는가. 자기 나라는 가운데 빛나는 민족이라고 하여 '중화中華'라 치켜세워 놓고서, 우리 민족은 '동이東夷', 곧 변방의 동쪽 오랑캐라 일컬은 자체부터가 은근히 얕잡아보는 그들의 속마음을 충분히 읽어내고도 남음이 있다.

술은 판단력을 흐리게 하고, 노래는 마음을 어지럽히며, 춤은 이성을 마비시켜 버린다. 그래서 술과 노래와 춤에 빠져드는 것은, 인간이 도덕적 존재에서 동물적 존재로 떨어지는 지름길이다. 무릇 대다수 종교에서 왜 음주와 가무 행위를 율법으로 정해 엄격히 금하고 있는가를 생각해 보면 그 답은 저절로 분명해질 것이다.

이 땅에 노래방이란 영업 시설이 처음 선을 보인 때가 언제였더라. 이웃한 섬나라에서 처음 생겨난 가라오케가, 현해탄을 건너 부산 지방으로 날아와 뿌리를 내리기 시작한 이래 불과 수십 년이 못 되어 삼천리 강토를 온통 노래방 천지로 만들어 놓았다. 즐비하게 늘어선 장삿집들 가운데 한 집 건너 한 집꼴로 노래방 아니면 가요주점이다. 일상에 쌓인 마음의 찌꺼기를 홀홀 날려버리고 생활의 활력소를 제공해 주면서 전 국민 가수 만들기에 절대적 기여를 한 이 유흥업소들, 이런 놀이 공간이 본래의 건전성을 잃은 채 탈선과 비행의 온상으로 변질된 지 하마 오래다. 노래방이면 이름 그대로 노래만 부르면 그만이지 도우미란 이름의 아가씨 혹은 아줌마들은 뭣 때문에 필요하더란 말인가. 염불보다는 잿밥이라고, 노래는 아예 뒷전이고 외간 남녀가 짝짓기하는 메뚜기처럼 야릇한 자세로 들러붙어 육체적 쾌락에 탐닉하는 것이 노래방을 찾는 목적 아닌 목적이 되어 버렸다. 본말전도라는 사자성어가 이런 경우를 두고 소용이 닿는 것이리라.

묵자墨子의 가르침에, 나무가 너무 곧으면 다른 나무들보다 먼저 베어진다고 했다지. 지금 내가 세상의 일그러진 풍속도를 질타하는 듣기 싫은 소리를 거르지 않고 쏟아 놓으면, 술 잘 먹고 노래 부르기 좋아하며 춤추길 즐기는 사람들에게 자칫 몰매를 얻어맞을지도 모를 일이다. 그런 불상사를 당하기 전에 여기서 한 발짝 물러서야 할까 보다.

마땅히 술도 좋고 노래도 좋다. 춤도 근본 나쁠 건 없다. 다만 사회적 통념에 비추어 받아들일 수 있는 경계선을 넘지 않는 테두리 안에서 건전하게 행해질 때라는 전제가 선행되어야 하지 않을까. 무릇 그 무엇이든 과하면 반드시 탈이 나게 마련이요, 이것이 세상사의 영원불변하는 이치이므로.

늦은 출가

인구의 고령화 현상이 불러온 사회문제가 화젯거리로 떠오른 지 오래다. 장수 시대의 도래로 인하여 빚어진 피치 못할 결과일 터이다. 그리고 이러한 현상은 점차 개선이 되기는커녕 날이 갈수록 점점 더 암울한 상황으로 치닫고 있다.

비단 어느 한 분야에만 국한된 문제도 아니다. 정치, 경제, 사회, 문화 등 거의 모든 영역에 걸쳐서 영향력을 미치고 있는 형국이다. 하루가 다르게 사라지는 것은 유치원 아니면 학교이고, 생겨나는 것은 노인병원 아니면 요양시설이다. 계속 이런 추세로 가다가는 나라의 앞날이 어떻게 되고 말 것인가. 그 암울한 미래상을 떠올려 보노라면, 생각만으로도 벌써 머릿속이 혼란스러워 온다.

인연 있는 스님과 함께 가진 저녁 식사 자리에서였다. 주문한 음식이 나오기를 기다리는 동안 잡다한 세상 이야기가 오고 갔다. 출산율의 저하가 심각한 수준이어서 나라의 장래가 적이 염려스럽다는 걱정도 흘러나왔다. 그 말끝에 스님이 불쑥 이런 소리를 꺼낸다.

"낮은 출산율만이 문제가 아닙니다. 우리 불교계로선 요즈음 출가자가 모자라서 참 큰일입니다. 게다가 다들 예전에 비해 훨씬 늦은 나이에 출가出家를 하다 보니 수행의 치열성이 부족한 것이 더욱 큰 문제입니다."

스님의 이야기를 듣는 순간, 나는 불현듯 우리 문단의 현실을 떠올렸다. 지금 문학계 역시 불교계가 처한 상황과 하나도 다를 바 없다는 평소의 생각 때문이다.

이 땅의 문단이 날로 늙어가고 있다. 그리고 이러한 경향은 시간이 흐를수록 점점 더 가속도가 붙는 형세이다. 물론 복합적인 요인의 작용으로 인한 현상이겠지만, 아마도 국민 평균 연령의 증가가 여기에 한몫을 한 결과이지 싶다.

삼사십 년 전만 하더라도 요즈음에 비해서 작가도 그다지 흔치 않았을뿐더러 십 대 혹은 이십 대 때 벌써 창작 활동을 시작하는 문학청년, 이른바 '문청'들이 대부분이었다. 그들은 아직 세상의 때가 덜 묻은 나이에 일찌감치 작가의 길로 들어선 까닭에 다들 영혼이 순수했다. 그러기에 오로지 문학 하나에다 생을 걸고 우직스럽다 싶을 만큼 창작에의 열정을 불태울 수가 있었다.

자본주의가 득세하자 물질적인 것들이 세상의 주류로 군림하게 되면서 문학은 주변부로 밀려나 버렸다. 요즈음 글을 쓰는 직업을 갖는 것은 밥 굶기에 딱 좋을 만한 일이다. 그러니 청춘들이 굳이 돈 안 되는 글에다 인생을 걸려고 하겠는가. 지금 문인 단체에서 젊은 피는 눈 씻고 살펴도 찾아보기가 힘들다.

사회의 고령화 현상이 그러한 상황에 불을 붙이지 않았는가 싶다. 이제 문학은 세상의 중심부에서 한 발짝 물러난 은퇴자들의 놀이 장소로 전락하였다는 느낌을 지울 수가 없다. 그들에게는 이것 아니면 안 된다는 절실함이 턱없이 부족해 보인다. 대신 문학을 하나의 고급한 사교 수단 정도로 여기는 경향이 짙다. 그러다 보니, 창작에 목을 매기보다는 그것을 그저 취미 내지는 여기餘技 삼아 하려 든다. 자연히 좋은 작품이 나올 리 만무하다. 그들의 글이 대체로 아마추어 수준을 벗어나지 못하고 있는 것도 필시 이런 이유에서일 터이다.

개중에는, 다분히 농이 섞인 어투로 '전 국민의 문인화文人化'를 외치는 이들이 있다. 그들은, 우리 국민 모두가 문인이 된다면 사람들의 정서가 그만큼 순후해질 것이 아니냐는 논리를 편다.

한편으로 생각하면 일리가 전혀 없는 말은 아닌 성싶기도 하다. 글과 함께 살아가는 삶이 그렇지 않은 삶보다 훨씬 풍요로운 것은 누구도 부인하기 힘든 사실이기 때문이다.

하지만, 세상 그 무엇이든 너무 흔하면 자연히 희소가치는 떨어지게 마련인 법. '악화가 양화를 구축驅逐한다'는 존 그리샴의 법칙이 우리 문학계에서도 예외가 아니니 문제가 아닐 수 없다. 남들보다 늦은 나이에 문인의 길로 들어선 사람일수록 더욱 열정적으로 창작에 임해야 젊어서부터 작가 생활을 한 이들을 따라잡을 수 있을 것이다. 이치가 이러함에도 상당수가 그렇지 못한 성싶으니, 그 점이 '사이비 문인'이라는 소리를 듣게 되는 근본 원인이 아닌가 한다. 치열한 작가정신으로 무장하지 않은 채 가벼운 마음으로 소일거리 삼아 문단을 어슬렁거리는 행위는 문학판의 질서를 어지럽히는 부끄러운 짓임이 틀림없다. 글 쓰는 이들이라면 누구라도 이 사실을 한번 곰곰이 헤아려 보아야 할 일이다.

우리는 지금 단군 이래로 그 어느 때보다 물질적인 풍요를 누리며 산다. 하지만 그와 반비례하여 정신적인 건강성은 점점 더 황폐화하고 있다. 이렇게 두 가치의 부조화 현상이 깊어 가면 갈수록 용맹정진하는 참다운 수행자가 목마르게 그리워지듯, 세상의 무게 중심이 물질 쪽으로 기울어 가면 갈수록 창작에 생을 걸려는 진정한 작가가 간절히 기다려진다.

금문교, 적문교가 되다

샌프란시스코 시내 중심가를 벗어났다. 이윽고 우리 일행을 태운 관광버스는 미끄러지듯 주차장에 닿았다. 바닷가와 면한 곳이어서일까, 땅에다 발을 내딛기 무섭게 싱그러운 공기가 와락 콧속으로 파고든다. 폐부 가득 쌓였던 일상의 묵은 찌꺼기들이 단숨에 씻겨 내려가면서 가슴속이 뻥 뚫리는 느낌이다.

해풍에 펄럭이는 집채만 한 성조기를 우러르며 야트막한 언덕 위로 올라선다. 그 순간, 마치 온몸에다 핏빛 천을 휘감은 것 같은 웅장한 다리가 눈앞에 펼쳐졌다. 입때껏 말로만 듣고 사진으로만 보아 왔던, 그 이름도 찬연한 금문교다.

왕복 6차로의 차도 양옆으로 인도가 만들어져 있다. 거지반 3킬로에 이르는 전체 길이도 길이려니와, 인도 폭이 여느 다리와는 비교가 되지 않을 정도로 널찍하다. 무릇 세상 무엇이든 쓰임새에 따라 크기며 모양이 달라지게 마련인 법, 차를 타는 대신 두 다리 힘을 빌려 지나다니는 사람들이 그만큼 많을 것이란 사실을 충분히 미루어 짐작해 볼 수 있게 하는 대목이다.

지구촌 곳곳에서 모여든 가지가지 피부색의 인종이 뒤섞여 앞서거니 뒤서거니 다리를 걸어가고 있다. 일망무제로 펼쳐진 바다 풍광, 쏟아져 내리는 햇살, 시원스럽게 불어오는 바람에 사람 사람마다 하나같이 표정이 환하다. 지금 이 순간 다들 세상사의 시름은 훌훌 날려버린 채 둥둥 애드벌룬에 올라탄 기분일 것 같다.

우리 일행도, 버스를 반대편 사우살리토 쪽에다 먼저 보내 놓고 그들과 섞여 두 다리로 다리를 건너볼 참이다. 잊지 못할 이야깃거리 하나 추억의 곳간에 고이 간직해 두었다가 이따금 아련히 그리워질 때면 꺼내 보고 싶어서이다. 쉴 새 없이 달려가고 달려오는 자동차들이 토해내는 엔진 소리와 지면에 부딪는 바퀴의 마찰음으로 귀가 먹먹해지고 정신이 어찔어찔할 지경이다.

걸음을 옮겨놓기 시작하고서 한 이십여 분 가까이 지났을까, 처음의 설렘과 희열은 어느새 달아나고 조금 따분해진다 싶어질 즈음이었다. 출발할 때만 해도 가마아득하게 느껴지던 철골 주탑이 줌렌즈로 당긴 듯 코앞에 다가선다. 교각 위로 허공을 향해 미사일처럼 치솟은 구조물의 도도한 자태에 "우와~" 하고 감탄사가 터져 나왔다.

그때였다. 키 높이께에 붙은 직사각형의 동판 하나가 시야에 잡혔다. 가까이 다가가서 찬찬히 들여다보았다. 다리의 명칭이며 규모며 세운 내력 따위가 돋을새김으로 빼곡히 적혀 있다. 다리의 영어 본이름은 'Golden Gate Bridge', 글자 그대로 풀이를 하면 '황금빛 문의 다리'라는 뜻을 지녔다. 이 다리를 어찌하여 우리 한국식 이름으로는 '금문교金門橋'라 부르는지, 오랜 세월 품어 온 궁금증이 비로소 풀리는 순간이다.

여기서 평소 세상 잡사를 바라보는 내 호기심 어린 새 의문부호 하나가 불같이 일어난다. 이름은 금문교이면서 빛깔은 왜 황금색이 아니고 붉은색 옷이 입혀져 있는 것일까. 당연히 황금색 옷을 입은 다리일 것이라는 애초의 상상이 보기 좋게 빗나가 버렸다. 엉뚱스럽게도, 금문교가 그만 금문교가 아닌 '적문교赤門橋'가 되고 만 게다.

'적문교, 적문교, 적문교……' 다리를 걸어가는 내내 이 상념이 꼬리에 꼬리를 물고 놓아주질 않는다. 황금색 대신 굳이 붉은색을 선택할 수밖에 없었던 무슨 필유곡절이라도 있었단 말인가. 그게 아니면 관계 당국의 지각없는 행정 처리의 결과물인가. 그도 아니라면, 부조화의 조화라는 역발상적인 계산이 깔린 고도로 의도된 기획인가. 그 까닭을 이방인인 나로서는 도무지 알 길이 없다. 만일 필유곡절이 있었거나 혹은 의도된 기획이었다면 전혀 꼬투리 잡을 문제는 아니겠지만, 지각없는 행정 처리 탓이었다면 참으로 우매한 짓이거니 싶은 생각을 지우지 못하겠다. 날이면 날마다 전 세계에서 얼마나 많은 관광객이 구름떼같이 몰려들고, 얼마나 많은 애호가가 사진에 담으면서 감탄과 찬사를 쏟아 내는 다리이던가. 이런 인류 역사의 기념비적인 구조물에다 이름과는 영 어울림 직하지 않은 이질적인 색을 입힌 그 책임자의 몰지각한 안식眼識이 못내 마뜩잖다.

다리를 거지반 다 건넜을 때쯤, 고개를 돌려 뒤를 바라다보았다. 어느새 수평선 너머로 저녁노을이 드리워지기 시작했다. 금빛 노을과 핏빛 다리의 부조화가 더욱더 선명하게 도드라진다. 만일 어떻게 인연이 닿아 다시 한번 금문교 앞에 서게 되는 행운이 찾아온다면, 그때는 황금빛 찬연한 다리와 해후할 수 있으려나. 이 기약 없는 바람이 실현될 그 미지의 날에 대한 소망을 가슴 깊이 품는다.

미리 도착해서 기다리고 있는 버스에 오른다. 저만치 남겨 두고 떠나려니, 아쉬운 마음에 내내 눈길이 떨어지질 않는다. 차창 밖으로 아스라이 멀어져 가는 금문교, 아니 적문교가 먼 훗날 꼭 다시 만나자며 손짓을 보내주고 있다. 그때는 금문교란 이름에 걸맞은 명품다리로 다시 태어나겠다는 마음의 언약과 함께.

장수, 축복일까 재앙일까

"노인을 공경해야 한다."

백번 천번 지당한 말씀이다. 노인을 공경하지 않는다면 누구를 공경하겠는가. 하지만 정서적으로는 당연히 공감하면서도 현실적으로는 쉽게 동의가 되지 않는 것이 오늘의 상황이다.

물론 여러 가지 이유가 있을 수 있겠지만, 근본적으로 노인이 너무 흔해서인 까닭에서다. 세상의 천지만상 가운데 흔하면서도 귀한 대접을 받을 수 있는 것이 뭐가 있을까. 황금이 하늘에서 소나기처럼 쏟아진다면 과연 지금과 같은 가치를 지니겠는가. 거기에 비싼 값이 매겨지는 것은 그만큼 그 숫자가 적기 때문이다.

거꾸로, 아이를 많이 낳지 않는 지금에는 오히려 아이들이 공경받는 대상이 되었다. 아이 하나를 키우고 돌보는 데 부모에다 조부모, 외조부모까지 어른 여섯 명이 달라붙는다. 이런 시대이고 보면 그들은 얼마나 귀하디귀한 존재인지 모른다. 주위에서 금이야 옥이야 떠받들고 추켜세우니 자신이 최고인 줄 알아 자기밖에 모른다. 버릇이 없어지는 것은 너무도 당연한 이치일 터이다. 자연히 어른을 공경하는 마음이 생겨날 리만무하다. 결국 어른들 자신이 들어서 그렇게 만드는 꼴이고 보면 아이들을 탓할 수만도 없다. 그러니 자업자득인 셈이다.

지난날엔 인구는 기하급수적으로 늘어나는데 식량은 산술급수적으로 늘어난다는 주장을 펼친 맬서스의 인구론이 의심의 여지 없이 받아들여졌었다. 그의 주장은 불과 두 세기 만에 이제는 한물간 이론이 되고 말았다. '덮어놓고 낳다 보면 거지꼴을 못 면한다'면서 산아제한을 부르짖던 표어도 빛이 바랜 지 오래다. 너나 나나 다들 아이 낳기를 꺼리다 보니, 지금은 어떻게 하면 인구를 늘릴 수 있을까 하는 문제가 지상 최대의 과제가 되었다. 출산 장려를 위한 지원책으로 자그마치 수백조 원이라는 천문학적인 예산을 투입하였음에도, 밑 빠진 독에 물 붓기가 되면서 전망은 여전히 안갯속이다.

정반대 상황으로 뒤바뀐 세상을 보면서 격세지감이 든다. 아이들은 가물에 못물 줄듯 줄어드는데, 어른들은 장마철에 강물 붙듯 불어난다. 하루가 다르게 생겼다 하면 실버타운 아니면 요양원이고, 없어졌다 하면 어린이집 아니면 유치원이다. 기업체에서는 아기들 기저귀며 분유 생산 시설은 계속 줄여나가는 대신 어른들 기저귀며 영양식 생산 시설은 그만큼 늘려간다. 돈 되는 일이라면 귀신같이 촉이 빠른 것이 기업의 생리 아니던가.

놀이터에서 아이들의 재깔거리는 웃음소리가 사라졌다. 그 풍경 너머, 공원에는 무료를 달래는 노인들로 넘친다. 자연 노인이 천덕꾸러기 신세가 될 수밖에 없다. 귀하면 대접받고 흔하면 괄시당하게 마련인 세상사의 엄숙한 이치는 어느 누구라도 거스르지 못할 것이다.

이러한 시대 상황 속에서 장수가 과연 축복일까 재앙일까. 단순 논리로 따지면야 사람으로 태어난 이상 어쨌든지 오래오래 생을 누리다 떠나는 것이 지상 최대의 축복일 수 있으리라. 마르고 닳도록 살고 싶은 욕망은 인간 존재의 본능과도 같은 것이기 때문이다. 하지만 지금과 같은 초저출산 추세가 이어지는 한, 장수는 더 이상 축복이 아니라 점점 재앙으로 이행될 개연성이 커지는 것이 피치 못할 현실이다.

노인이 예전처럼 공경받을 수 있는 시대는 이제 영영 물 건너간 것인가. 나날이 떨어져 가는 출산율 추이를 지켜보면서, 앞으로 펼쳐질 세상의 흐름이 자못 걱정스러워진다.

존칭어 오남용,
그 '웃픈' 현실에 대한 고언

사람이란 존재는 무엇이든 많으면 좋아하는 심리를 지녔다. 극히 예외가 없을 순 없겠지만, 절대다수의 경우 집도, 땅도, 돈도, 옷도, 먹거리도, 친구도, 재주도, 일거리도 많으면 많을수록 높은 만족도를 보인다. '다다익선多多益善'이라는 사자성어가 괜스레 생겨났을 것인가.

존칭어 가운데 하나인 '–시'에 있어서도 다르지 않다. 전문 문법 용어로 '존칭 선어말 어미'라고 부르는 이 '–시' 역시 덮어놓고 많이만 쓰면 좋은 줄로 안다. 착각도 여간 착각이 아닐 수 없다. 정도가 지나치면 모자람만 못하다고, '–시'를 분별없이 마구 사용하면 글이 돋보이기는커녕 오히려 품격을 떨어뜨린다. 그런 까닭에 각 문장의 맨 뒤 서술어에다 한 번씩만 쓰도록 하는 것이 불문율로 되어 있다.

요즈음, 세상에 쏟아져 나오는 글들에서 문장 쓰기의 이런 원칙이 지켜지지 않는 경우를 너무나 자주 접한다. 심지어는 문장의 용언이란 용언에 죄다 존칭어를 붙여 쓴 사례까지 있고 보면 더 말해 무엇하랴.

　　"그렇게 칼을 갈 준비가 다 되시면 옷을 여미시고 나지막한 나무 의자에 앉으셨고, 여러 개의 칼날들을 점검하시며 무언가 골똘히 생각에 잠기시곤 하셨다."

　　몇 해 전, 경상북도와 포항시가 공동 주최한 H 문학상 수상작으로 선정된 박○○의 「숫돌」 가운데 나오는 한 구절이다. 문장 안의 모든 용언에다 모조리 '-시'를 쓰고 있다. 그 숫자를 세어 보면 자그마치 여섯 번이나 된다. 하나를 보면 열을 안다고, 이처럼 도대체 문장 쓰기의 지극히 기본적인 요건조차 제대로 갖추어지지 않은 사람에게 문학상이 주어지다니……. 너무 어이가 없어 할 말을 잃고 만다.
　　비단 글에서만이 아니다. 일상생활 현장에서도 존칭어 오남용은 심각한 지경에 이르렀다. 특히 젊은이들 가운데서 이런 경향성이 두드러진다. 다다익선이 아무 때나 미덕이 될 수는 없음에도, 무분별하게 존칭어를 쓰는 상황을 부지기수로 만난다.

사람이 주체가 아닌 물건에조차 존칭 표현을 남발하는 현상도 적지 않다. "손님, 커피 나오셨습니다." 어쩌다 지인들과 카페라도 들를라치면 종업원한테서 일상다반으로 듣게 되는 소리다. 커피라는 이름의 음료가 어디 손이 있는가, 발이 달렸는가. 어떻게 커피 제가 스스로 '나오실' 수 있단 말인가.

오십여 년 전, 중학생 시절에 배웠던 우스꽝스러운 글귀 하나가 뇌리를 스친다.

"아버님 대갈님에 검불님이 붙으셨습니다."

지금껏 생생히 기억의 곳간에 갈무리되어 있는, 너무도 괴이쩍은 문장이었다. 존칭어의 잘못된 사용을 따끔하게 꼬집은 촌철살인의 풍자가 아닐 수 없다. 반세기 전에도 이 같은 현상이 성행하고 있었음을 짐작게 하는 대목이다. 그때 이미 문제가 많았던 것으로 미루어 살피면, 오늘날 벌어지고 있는 존칭어 오남용의 심각성이야 묻지 않아도 충분히 헤아리고 남을 만하다.

위에서 든 사례들은 각각 "그렇게 칼을 갈 준비가 다 되면 옷을 여미고 나지막한 나무 의자에 앉았고, 여러 개의 칼날을 점검하며 무언가 골똘히 생각에 잠기곤 하셨다." "손님, 커피 나왔습니다." "아버님 머리에 검불이 붙었습니다." 등으로 고쳐야 옳은 표현이 된다.

그에 반해 정작 존칭을 사용해야 할 곳에는 오히려 소홀히 해버리는 일도 비일비재하다. 열 살 안팎의 청소년들이 팔구십 노인에게 뻣뻣이 선 채로 고개만 까딱거리며 인사랍시고 "할아버지 안녕하세요" "할머니 안녕하세요" 해댄다. 할아버지 할머니가 어디 제 친구인가. 연세 지긋한 어르신한테는 당연히 "안녕하십니까"라는 정중한 표현을 써야 제대로 된 인사말 아니겠는가. 다소곳이 머리를 숙이지 않는 무람없는 행동이야 차치하고라도, 그처럼 예의에 어긋난 말투를 아무렇지 않게 내뱉고 있으니 훗입맛이 씁쓸하다. 한편, 거꾸로 유치원 같은 데서는 교사가 어린아이들에게 "자 우리 친구들, 내일은 더 일찍 오시는 것 잊지 마세요."라며 '깍듯한' 표현을 쓰는 것을 예사롭게 본다. 세상이 뭔가 잘못되어도 한참 잘못되었다 싶다.

그런가 하면, 이런 사례도 우리 사회 곳곳에서 심심찮게 접하곤 한다. 이따금 금융기관이나 서비스센터 같은 곳에 들렀을 때, 번호표를 뽑아 차례를 기다리고 있노라면 젊은 직원이 순서가 되었음을 알려온다.

"○○○ 고객님, ○번 창구로 오실게요."

'오실게요?' 이건 또 대체 무슨 국적 불명의 어투인지 모르겠다. 예의 경우에서는 말할 것도 없이 "○○○ 고객님, ○번 창구로 오세요." 하든지, 아니면 좀 더 정중히는 "○○○ 고객님, ○번 창구로 오십시오."라고 해야 올바른 표현이지 않겠는가. 어떻게 되어 이처럼 별 희한한 말버릇이 유행병처럼 번지고 있는지 도무지 이해 불가다. 이러한 일련의 세태가 참으로 아이로니컬하게 여겨진다. 시쳇말로 '웃픈' 현실이 아닐 수 없다.

한 나라의 말은 그 나라의 문화 수준을 가늠할 수 있는 척도가 된다고 한다. 그렇다면, 존칭어 오남용이 성행하는 오늘의 상황은 우리 정신문화의 품격이 그만큼 저급하고 천박스러운 방향으로 흘러가고 있음을 방증해 주는 하나의 지표가 아닐까.

지금이야말로 올바른 언어교육의 필요성이 절실히 요청되는 시점이다.

잘 먹고 잘산다는 것

세계적인 지휘자로 명성이 높은 J 아무개 씨의 소식이 전파를 탔다. 이탈리아의 한 고속도로에서 그가 운전하던 승용차가 덤프트럭에 들이받혀 크게 파손되는 교통사고를 당했다는 내용이었다. 다행히 튼튼하기로 소문난 독일의 최고급 차였던 덕분에 많이 다치지는 않고 며칠간 입원하는 정도의 비교적 가벼운 부상만 입었다는 것이다.

뉴스를 접한 네티즌들의 반응은 비정하리만치 싸늘했다. 남의 아픔을 듣고서 "참 안됐다", "어째 그런 일이……" 정도의 의견이 지극히 상식적인 반응일 터이다. 그럼에도 대다수가 "욕을 많이 먹어서 그런가, 질기네", "에이! 경미하다니 아쉽다", "정말 안타깝지 않은 내 마음이 안타깝다" 이런 유의 댓글들이 주를 이루었다. 사람이 불행한 일을 당했음에도 이렇게까지 심한 욕을 얻어먹는 걸 보니 J 씨는 인생을 잘못 살아도 한참 잘못 산 것 같다.

연전에 그가 서울시립교향악단 예술감독을 맡고 있었을 때 보였던 행동들을 떠올리면 충분히 그러고도 남겠거니 싶기도 하다. 재주가 넘치면 일을 그르친다고 했던가. 그 일련의 과정을 지켜보면서, 그는 '천재적인 지휘자'라는 재주로 인해 오히려 인성이 제대로 닦이지 않은 사람이 되지 않았는가 하는 마음이 든다. 예의 사고에서 네티즌들이 보인 반응으로 살피건대, 이것이 비단 나만의 생각은 아닌 모양이다.

'소년등과일불행少年登科一不幸'이라는 말이 있다. 사람살이에는 세 가지 큰 불행이 있는데, 그 가운데 소년 시절의 과거 급제가 첫 번째 불행이라는 것이다. 사람이 너무 이른 나이에 출세하여 명성을 얻게 되면 자기도 의식하지 못하는 가운데 거들먹거림에 길들어져 그로 인해 결국 인생이 파탄 나게 된다는 뜻이다. 그래서 교만을 경계하는 가르침으로 곧잘 이 말을 가져다 쓰곤 한다.

타고난 재주 덕분에 J 씨는 필시 잘 먹을 수는 있었을 게다. 그가 사고를 당했던 차가 일반 서민들은 엄두도 내기 힘든 독일 이름난 자동차 회사의 최고급 리무진이었다는 것만 봐도 그동안 얼마나 잘 먹었을 것인가는 충분히 미루어 짐작이 가

5부 | 한순간을 못 참아서

능한 이야기 아니겠는가. 그럼에도 불구하고 그가 잘살았다는 데 대해서는 쉽게 동의가 되지 않는다.

'잘살다', 우리네 삶에서 이 말만큼 참 쉽고도 어려운 일은 없을 것 같다. 누군가의 죽음을 두고 "잘살고 갔다"라고 이야기할 때 '잘살다'의 대척점에 놓인 말인 '잘 죽다'를 떠올려 보면 이 말의 의미가 어렴풋이 정의될 수 있을 것 같기도 하다. 하지만 요즈음 인구에 회자되는 웰 다잉, 곧 '잘 죽다'에도 묘한 함의가 담겨 있을 수 있다. 그러다 보니 그것 또한 그리 단순한 문제는 아닌 성싶다.

잘 먹고 잘산다는 것에 관한 이야기를 하고 있자니, 우리나라 최대의 재벌회사인 S 전자 L 회장의 사연이 뇌리에 맴돈다. 너무도 익히 알려져 있다시피, 그는 억만장자였던 부모 덕에 엄청난 재물을 유산으로 물려받아서 그를 기반으로 하여 승승장구한 인물 아닌가. 그만한 부를 쌓게 되기까지 그는 갖은 부정과 비리로 세인들의 비난을 받아왔다. 그러니 L 회장이 죽고 난 뒤에 그의 삶을 두고서 잘살았다고 해야 하겠는가, 아니면 잘못 살았다고 해야 하겠는가.

욕을 많이 얻어먹으면 오래 산다는 속설이 있다. 그 말대로라면 그는 누구보다도 오래오래 살아야 이치에 맞을 것이다. 그런데도 몇 해 전 칠십 대 초반의 나이에 급성심근경색으로 쓰러져서 식물인간 상태가 되었고, 그 후 수년간 겨우 명줄만 이어가고 있는 것으로 알려졌다. 항간에는 벌써 이승을 떠난 지 오래라는 소문까지 파다하게 나돈다. 그런 사람이 지난해 보유주식의 배당금으로 수백억 원을 받았다고 언론들은 앞다투어 전한다. 설사 살아있는 것이 확실하더라도 손가락 하나 까딱하지 못하고 가만히 앉아 있을 텐데도, 아니 반듯이 누워서 아무 의식 없이 눈만 멀뚱멀뚱 뜨고 있을 상황임에도 그만한 거금이 굴러들어 오다니……. 밤을 낮 삼아 죽자 살자 일에 매달려 봐야 하루하루 입치레하기도 급급한 인생이 부지기수인 데 반해, 누구는 손 하나 까딱하지 않아도 평생 써도 다 못 쓸 돈이 차곡차곡 쌓인다는 소식을 들을 때면 세상이 참 불공평하고 아이러니하다는 생각을 지울 수가 없다.

외할아버지는 중년에 외할머니를 잃고 94세로 이승의 생을 마칠 때까지 오랜 세월을 홀로 사셨다. 그 긴 시간 동안, 비록 호의호식까지는 아니더라도 얼마든지 넉넉하게 생활을 영위해도 될 만큼 경제적으로 여유가 있었다. 하지만 생전에 당신 자신을 위해서는 한 푼을 갖고도 벌벌 떠셨다. "누구 좋은 일 시키려고 저러나?" 걸핏하면 동네 사람들의 비아냥거림을 들으면서도 삶의 방식에 대한 당신만의 소신을 끝까지 버리지 않았다. 하도 그러시기에 어머니가 어느 해 친정에 가보니 소금을 반찬 삼아 끼니를 해결하고 계시더라는 것이다.

그렇게 지독한 자린고비로 살면서도, 어린 나이에 생모를 잃은 손자한테는 끔찍이도 애착심을 가지셨다. 자신을 위한 일에는 가혹하리만큼 엄격하였던 반면, 손자를 위한 일에는 더없이 자애로운 어른이셨다. 그 덕분에 외할아버지가 저세상으로 가신 뒤 손자는 어렵지 않게 삶의 기반을 마련할 수 있었던 게다.

외할아버지의 삶을 두고서 잘 먹지는 못했어도 잘살았다고 해야 할까, 아니면 잘 먹지도 못했고 잘못 살기까지 했다고 해야 할까. 아무리 생각에 생각을 거듭해 보아도 둔한 머리로는 끝내 판단이 서질 않는다.

사람이 잘 먹고 잘산다는 것, 간단히 답을 낼 수 있는 가벼운 명제는 결코 아닌 성싶다.

유람선 풍경

　난장이다. 빙 둘러 놓인 좌석 곳곳에서 왁자지껄 술판이 벌어졌다. 바깥은 봄비가 촉촉이 바다를 적시고, 안은 소주가 질편하게 사람들 가슴을 적신다. 중앙 쪽의 널따란 공간에서는 춤판이 숨 막히는 열기를 뿜어낸다. 현란한 사이키 조명 아래 울긋불긋 차려입은 중년의 남녀들이 질서 없이 뒤섞여 산낙지처럼 몸을 흐느적거린다. 개중에는 이미 노경으로 접어든 축도 눈에 뜨인다.

　삼천포항에 정박해 있던 유람선이 길게 고동을 울리며 미끌어지듯 포구를 벗어나자, 기다렸다는 듯이 음악은 한껏 볼륨을 높이고 춤판은 한층 흥성스러워진다. 나는 멀찍이 떨어져 배 안의 풍경을 무연히 바라다보고 섰다. 놀면서 주변 경치를 관람한다는 뜻을 지닌 '유람선遊覽船'이라는 말이 무색하다. 관광은 완전히 뒷전이고, 오로지 지금 이 순간의 육신의 쾌락을 탐닉하는 데 몰입해 있다. 누군가는, 가끔씩 이렇게 몸을 흔들어 줘야만 일상에 쌓인 스트레스가 확 풀린다며 춤판 예찬론을 펼친다. 다른 사람이야 어찌 생각하든 무조건 자기만 즐기고 보자는 식이다. 주위를 의식하지 않는 그들의 분별없는 행동에 눈살이 찌푸려진다. 그러면서 한편으로는, 평소 얼마나 삶의 압박감에 시달렸으면 저럴까 싶어 잠깐 연민의 마음이 들기도 한다.

이 장면에서 나는 우리 민족의 성정을 또 한 번 보고 말았다. 저 아득한 중국 서진 시대 역사가였던 진수陳壽가 쓴 『삼국지』의 「위지 동이전」에서의 기록에서처럼, "과연 속희가무음주俗嬉歌舞飮酒로구나!" 하는 감탄사가 튀어나온다. 진수의 표현대로 술 마시고 노래 부르며 춤추기를 즐기는 풍속을 지녔다는 그 민족성이, 그때로부터 일천 칠백여 년이라는 기나긴 시간이 흘렀건만 오늘에 고스란히 재현되고 있다. 피는 못 속인다는 말처럼, 정말 성정은 웬만해선 변하지 않는 것인가 보다.

과문한 탓이어서인진 모르겠으되, 이웃 나라 어느 곳을 가 보아도 이렇게 벌건 대낮부터 광란의 춤판을 벌이는 광경은 여태껏 만나지 못했다. 남에게 폐 끼치기 싫어하는 섬나라 일

본의 경우야 말할 필요도 없으려니와, 중국 사람들도 공원 같은 공공장소에서 일상적으로 춤판을 펼치기는 하지만 우리처럼 눈살이 찌푸려지도록 저속하게 여겨지지는 않았다. 그들의 춤판에는 절도가 있고 품격이 느껴졌다. 건전한 카세트 음악에 맞추어 모두가 일사불란한 움직임으로 즐거움을 만끽하고 있었다. 그들의 춤은 춤이 아니라 흥겨운 놀이였으며, 동시에 건전한 생활 스포츠였다. 우리처럼 술에 취한 채 남자와 여자, 젊은이와 늙은이가 마구 뒤섞여 흐느적거리는 추태는 그 어디에도 찾아볼 수가 없었다.

볼썽사나운 광경을 지켜보면서, 어쩌면 백년하청일지도 모를 소망 하나 마음속에다 품는다. 이런 품위를 잃은 행태는 우리 당대만으로 끝내고 다음 세대에로는 절대 유전되지 말았으면. 그때는 격을 갖춘 건전한 놀이문화가 정착되었으면 하고.

한 시간 반의 유람을 마친 배가 서서히 선착장에 들어서자, 그제야 춤판을 파한 이들이 흐트러진 매무새를 고치면서 입구 쪽으로 우르르 몰려나온다. 나는 비로소 뱃멀미인지 사람멀미인지 분간이 되지 않는 울렁거림에서 놓여났다. 잔뜩 일그러졌다가 겨우 평상심을 되찾은 내 표정과는 달리, 광란의 춤판을 펼친 이들의 기름기 번들거리는 얼굴에서는 그들 방식의 행복감이 넘쳐나 보인다.

하지만 이제부터 상황은 역전될 것 같은 예감이 든다. 나의 가슴속에는 다시 일상의 재미없음에서 찾아지는 재미로 생의 기쁨이 충만해질 것이고, 그들의 마음속에는 또다시 나날의 재미없음에서 생겨나는 권태로 삶의 허기가 쌓여 갈 것이다. 나는 지금껏 그 재미없음에서 재미를 느끼며 스트레스를 다스려 왔고, 그들은 그동안 재미있음을 위해 그 재미없는 시간들을 견디느라 스트레스를 쌓아 왔으므로.

선착장을 빠져나오면서 시야에서 멀어지는 유람선을 향하여 손을 흔들었다. 그것은 잘 있으라는 작별 인사가 아니었다. 앞으로 두 번 다신 거기에 몸을 맡기지 않으리라는 단호한 결별의 표현이었다.

눈과 귀와 입 그리고 코

초판 1쇄 인쇄 2024년 09월 30일
초판 1쇄 발행 2024년 10월 10일
지은이 곽흥렬

펴낸이 김양수
책임편집 이정은
교정교열 연유나

펴낸곳 도서출판 맑은샘
출판등록 제2012-000035
주소 경기도 고양시 일산서구 중앙로 1456 서현프라자 604호
전화 031) 906-5006
팩스 031) 906-5079
홈페이지 www.booksam.kr
블로그 http://blog.naver.com/okbook1234
페이스북 facebook.com/booksam.kr
이메일 okbook1234@naver.com

ISBN 979-11-5778-666-4 (03800)

맑은샘, 휴앤스토리 브랜드와 함께하는 출판사입니다.